리더를 위한
피드백 수업

높은 수준의
수행을
지속시키기 위해
리더들에게
꼭 필요한
피드백
역량

리더를 위한
피드백 수업

| 김상범 글

푸른영토

리더의 두 가지 역할

철학자 알프레드 N. 화이트헤드Alfred North Whitehead는 "평범한 교사는 말하고, 좋은 선생은 설명하고, 훌륭한 선생은 모범을 보이고, 위대한 스승은 영감을 준다"라고 말했다. 진정한 스승이 제자에게 주는 영감은 두 가지다. 이 두 가지는 리더의 역할이기도 한데 은유적으로 표현하면 리더는 '거울'과 '등대' 역할을 한다.

첫째, 리더는 조직 구성원들의 잠재력을 비추는 거울 역할을 한다. 구성원들은 리더를 통해 자신의 잠재력을 발견할 수 있다는 뜻이다. 사람은 자기와 같거나 비슷한 성질을 가진 사물을 잘 이해한다. 사람과 사람의 관계도 마찬가지여서 어떤 사람을 깊이 이해할 수 있는 이유는 내 안에서 그 사람을 보고, 그 사람 안에서 나를 볼 수 있기 때문이다.

스티브 잡스Steve Jobs는 "자신의 본모습을 기억해 내는 방법 중 하나는 자신이 존경하는 마음속 영웅을 떠올리는 것이다"라고 말했다. 실제로 그는 자신의 마음속 영웅을 통해 꿈과 재능 그리고 핵심 가치를 재발견할 수 있었다.

둘째, 리더는 구성원들이 일의 방향성을 정립하는 데 실마리를 제공한다. 옛날 도보 여행자들은 밤하늘에 떠 있는 북극성을 길잡이로 삼았고, 바다 여행자들에게는 북극성과 함께 등대가 길잡이 역할을 했다. 성과 창출이라는 여행에도 북극성과 등대가 필요한데 리더가 그 역할을 해야 한다.

투자가 워런 버핏Warren Buffett은 역할 모델을 '나의 영웅'이라 부르며 "당신의 영웅이 누구냐에 따라 앞으로 삶이 어떻게 전개될지도 대강 짐작할 수 있다"라고 말했다. 버핏은 컬럼비아 대학의 벤저민 그레이엄Benjamin Graham 교수를 '영웅'으로 삼았고, 그로부터 투자 이론과 실무를 배웠다.

리더의 두 가지 역할을 구체적으로 실천 가능하게 하는 것이 바로 피드백이다. 일상에서 피드백은 우리의 모습을 비추어 준다. 피드백을 통해 우리는 자신이 원하는 모습이 될 수 있다. 누구나 자신의 모습을 객관적으로 보기 어렵다. 그러니 우리의 말이나 행동도 거울을 보는 것처럼 객관적으로 볼 수 있는 장치가 있다면 어떨까?

효과적인 피드백은 성과 관리, 나아가 비전 달성에 꼭 필요하다. 구성원들이 우선순위에 따라 집중할 수 있도록 해 주기 때문이다. "직원들이 자신이 하는 일이 옳은지, 어떤 부분을 개선해야 하는지,

더 발전하기 위해 무엇을 해야 하는지 어떻게 알 수 있을까?"라는 질문에 명확히 답하지 못한다면 당신과 당신의 구성원들은 올 연말에 서로 당황하거나 분노하거나 배신감을 느낄 수도 있다. 그래서 피드백은 바람직한 미래를 밝혀주는 등대라 할 수 있다. 거울 없는 일상, 등대 없는 항해는 생각만 해도 답답하지 않은가?

한 분야에 탁월한 역량을 나타내는 사람들을 보면 그들의 타고난 재능을 먼저 떠올린다. 그러나 자세히 살펴보면 그들은 최고가 되기까지 평생 동안 지속적인 훈련 행동 속에서 코치의 관찰과 피드백을 통해 최고의 위치에 올랐다는 공통점을 가지고 있다.

손흥민 선수에게는 손정웅 코치가, 스티비 원더Stevie Wonder, 조쉬 그로반Josh Groban, 마이클 잭슨Michael Jackson, 마돈나Madonna 등 125 명 이상의 그래미상 수상자Grammy Winner 뒤에는 세스 릭스Seth Riggs 라는 보컬 코치가 있었다. 그뿐인가. 타이거 우즈에게는 부치 하먼 Butch Harmon이 거울이자 등대였다.

매일 거울을 보는 것처럼 목표를 가진 개인이나 조직은 피드백을 일상이자 문화로 만들어야 한다. 당신과 조직이 목표를 향해 제대로 갈 수 있도록 길잡이가 되어주는 등대는 무엇인가? 누가 알려준단 말인가?

이 책에서는 다양한 분야를 통해 피드백의 효과에 대해 살펴보고 있다. 필자가 제시하려는 피드백은 단순히 커뮤니케이션의 한 부분이나 직원들의 활동에 대한 보상과 동기유발의 의미만을 가지는 것이 아니다. 우리는 피드백을 조직의 방향성과 목표 달성까지 아우르는 포괄적인 개념으로 바라봐야 한다.

성과만 잘 내면 유능한 리더로 인정받던 시절이 있었다. 지금은 성과와 더불어 평범한 구성원을 인재로 만드는 리더십 역량이 중요한 평가 요소가 되었다. 그만큼 리더들의 어깨가 무거워졌다. 오늘날 리더들에게 업무 역량은 기본이고 인재 육성은 필수다. 이러한 시대적 요구에 발맞추어 2000년대 초반부터 국내 기업들에게 '코칭'이라는 방법이 마치 붐처럼 도입되었다. 코칭은 한마디로 질문과 경청을 통해 부하 직원의 성장을 지원하는 스킬이다.

코칭이 도입되기 전에는 상사가 부하 직원에게 일방적으로 가르치고 지시하는 '티칭'이 주류였다. 따라서 코칭처럼 '스스로 깨닫는 방법'을 배운다는 것은 당시로서는 매우 파격적인 접근 방법이었다. 코칭은 리더들이 잘만 활용하면 직원 육성에 매우 효과적인 방법이다. 다만 코칭이 국내 기업들에게 소개되고 도입되는 방식에 문제가 있었다. 예를 들어 코칭이야말로 최고의 직원 육성 방법이고, 티칭이나 지시는 시대에 뒤떨어진 방식이라는 이항대립적인 잘못된 인식이 그것이다. 그 결과 코칭을 배우고 나서 가르치지 않는 상사, 질문만 하는 상사, 아무 정보도 주지 않고 듣기만 하는 상사들이 늘어나는 웃픈 현상이 나타나기도 했다.

또 한 가지 문제는 기업 관리자들을 대상으로 코칭에 필요한 스킬을 가르치는 코치들이나 강사들이 '피드백'을 중요한 코칭 스킬로 다루지 않았다는 점이다.

피드백은 코칭 시 필요한 질문, 경청, 인정하기 등의 주요 코칭 스킬과 더불어 코칭 스킬 중에서 가장 중요한 스킬 중 하나이다. 또한 피드백은 매우 복합적인 스킬이다. 따라서 상대에 따라, 상황에 따라 매우 다양하게 변주되는 기술이기 때문에 책이나 교육으로 익히기가 매우 어렵다. 그런데 대부분의 코칭 교육과정에서는 직장 내에서 부하 직원 육성을 위해 사내 코치 역할을 해야 하는 리더들에게 피드백 스킬을 중점적으로 다루거나 훈련하지 않는다.

이러한 잘못된 코칭 신화는 직원들은 상사로부터 필요한 내용을 배우지 못해 곤란에 처하고 상사는 코칭을 해도 직원들이 성장하질 않으니 난감해 하는 경우도 있다.

결론은 부하 육성에는 티칭이 좋을 때도 있고 코칭이 좋을 때도 있다. 이 책은 이러한 문제점을 보완하고자 직장 내에서 리더들이 부하 직원 육성 시에 꼭 필요한 코칭 스킬 중 특히 피드백에 대해 집중적으로 다루었다. 이 책에서 소개하는 연구 성과나 아이디어들은 이미 검증되고 입증된 방법들이다.

한 장, 한 장 천천히 읽어가며 개인과 조직에 적용할 방안이 있는지 생각해 보라. 그리고 필요하다고 판단되면 경영진에 적극적으로 알려라. 선진화된 피드백 시스템이 장착된다면 리더든 구성원이든 지금보다 한 단계 성장한 모습이 될 것이다.

"피드백이 없으면 직원들은 무능해지고 리더는 독재자가 된다"

김상범

CONTENTS

PART 3 │ 행동변화를 통한 성과창출

PART 4 │ 피드 포워드 Feed forward

PART 8 │ 효과적인 피드백을 위한 제안

PART 9 │ 고수의 피드백

Feedback Lessons

PART 1

평가와 피드백

이벤트성
연례 평가,
누굴 위한 것인가?

국내 대부분의 기업들이 사용하고 있는 상대 평가 시스템의 단점은 직원들이 모두 우수한 성과를 보이더라도 직원의 성과를 여러 등급으로 나누도록 강제 배분forced distribution하는 방식을 따르기 때문에 직원들이 나쁜 등급을 받지 않기 위해 긴장을 늦추지 않게 하는 효과는 있다. 그러나 상대 평가 제도는 강제 배분 방식으로 인해서 다수의 직원에게 직원의 실제 성과나 역량과 부합하지 않는 평가등급을 배분한다는 문제가 있다. 이로 인해 여러 문제점 즉, 평가의 공정성이 떨어지고, 직원들 간 이기주의를 부추기고, 쉬운 목표를 지향하게 하고 전반적으로 동기 감소 등이 현장에서 지적되어 왔다. 학술적으로도 이러한 문제점이 밝혀지면서 글로벌 기업 사이에서 그 인기를 지속적으로 잃어가고 있다.

그러나 국내 기업의 절대다수는 아직까지 상대 평가 방식을 고수하고 있다. 예외적으로 LG전자, 현대, 기아자동차, 삼성전자 등 주요 기업들이 기존의 '상대 평가 기반의 랭킹 시스템'을 폐지하고 절대 평가 제도를 확대해 나가고 있다.

최근 글로벌 기업들 중 상당수가 이런 랭킹 시스템과의 결별을 시도하고 있다. 특히 상대 평가 시스템의 상징과도 같은 기업인 GE나 마이크로소프트가 랭킹 시스템 폐지를 선언하면서 이 같은 흐름을 선도하고 있다. 이들 기업은 랭킹 시스템을 포기하면서 기존 시스템이 구성원의 협업과 팀워크 구축을 방해하고 외부 경쟁 환경에 대한 대응력을 떨어뜨린다고 지적했다. 대신 이들 기업은 피드백과 공동 작업, 팀워크와 코칭에 집중하는 새로운 평가 시스템 도입을 천명했다. 새로운 평가 시스템의 방점이 '팀'에 찍혀있는 이유는 대부분의 일이 협업으로 이뤄지기 때문이다.

예를 들어 큰 마케팅 캠페인이 대대적인 성공을 거두면 보통 그 일은 내가 했다는 사람이 여러 명 또는 수십 명까지 나타난다. 혹자는 다 차려진 밥상에 숟가락 얹은 것 아니냐고 비아냥거리기도 하지만 현대 조직에서 혼자서 이룰 수 있는 일은 거의 없다. 이때 팀 플레이어를 평가하고 촉진하는 데 상대 평가가 도움이 되냐고 묻는다면 전혀 아니다. 그렇다면 시스템을 어떻게 바꿔야 할까? 이와 관련하여 코칭 전문가인 국민대학교 고현숙 교수의 네 가지 제안은 기업들에게 중요한 시사점을 주고 있다.

연례 이벤트성 성과 평가에서 '실시간 코칭'으로 바뀌어야 한다

일하는 과정 속에서 코칭 대화를 통해 프로젝트를 수행하는 동안과 마무리할 때는 서로 평가하고 피드백을 주고받기 좋은 시점이다. 프로젝트를 수행한 후 거기에 참여한 직원들 간에 서로에 대해 잘한 점과 개선점을 남기게 하는 것도 좋은 방법이다.

총괄 평가가 아니라 구체적인 기여에 대한 '형성 평가'가 이뤄져야 한다

총괄 평가summative evaluation란 사후적인 만족도 조사나 추천 지수처럼 전체에 대해 총체적으로 평가하는 방식이다. 어떤 서비스를 경험한 후 그에 대해 사후에 총괄적으로 평가하는 것이다. 그래서 어떤 요소 때문에 만족도나 추천도 점수를 줬는지 세부 요소를 알기 어렵다. 반면, 형성 평가formative evaluation는 어떤 요소가 작용해 만족스러웠는지를 보여주기 때문에 다음 프로젝트에서 무엇을 개선해야 하는지를 알 수 있게 된다.

강제 할당식 상대 평가에서 개발해야 할 요소를 보여주는 '절대 평가'로 바뀌어야 한다

가려내기도 필요하지만 그 대상은 제한적이다. 정말 문제 있는 사람을 가려내고, 혹은 크게 보상을 해줘야 하는 사람을 가려내는 정도면 된다. 나머지 80% 이상의 구성원들에게 정말 필요한 정보는 그 사람의 강점이 무엇인지, 어떤 면을 개발해야 할지를 보여주는 것이다.

그래야 미래지향적인 피드백이 가능하다.

평가자의 주관성을 피하기 위해 평소 데이터가 축적돼야 한다

세계 최고의 헤지펀드인 '브리지워터 어소시에이츠'는 이슈 로그 issue log라고 해서 직원들의 실수를 기록해두는 시스템이 있다. 실수를 체계적으로 관리해 조직 전체가 배우려는 목적에서다. 실수를 했다고 해고를 하면 실수가 용납되지 않는다는 걸 분명히 보여주는 효과가 있으나 그럴 경우 직원들은 실수를 감추게 된다. 대신 실수를 공개하고 체계적으로 기록하며 '팔로우 업follow-up'하게 하면 평가자의 주관적인 편향을 최소화할 수 있고 조직의 학습 효과도 크다.

결론적으로 앞으로 지향해야 할 성과 평가는 현재의 성과 평가보다 더 쉽고 더 자주 시행돼야 하며 데이터를 기반으로 해야 하고, 미래지향적이라야 한다는 것이다.

우수 인력은 회사에 계속 남아 있게 하고 능력이 떨어지는 인력은 자동적으로 걸러지도록 하기 위해 도입된 성과 평가 시스템이 제 역할을 못하고 있는 것이 어제오늘 일이 아니다. 성과에 기여하지 못하는 평가 시스템이라면 당연히 원점에서 재고해 봐야 한다.

『위대한 나의 발견-강점혁명』을 쓴 베스트셀러 작가이자 동기부여 전문가 마커스 버킹엄Marcus Buckingham은 조직이 구성원을 평가하는 목적으로 반드시 알아내야 하는 핵심 정보는 몇 가지밖에 되지 않는다고 주장했다. 그 정보를 얻기 위한 핵심 질문은 단 네 가지뿐이다.

- 이 사람을 다시 고용할 것인가? (Yes / No)

- 팀에 잔류시킬 것인가? (Yes / No)

- 승진시킬 것인가? (Yes / No)

- 성과 문제가 있는가? (Yes / No)

이 네 가지 핵심 질문은 특정 구성원에 대해 조직이 알아야만 하는 정보다. 이 질문들에 대한 답변을 얻을 수 있다면 불필요하게 모든 직원을 한 줄로 세워 등급을 매길 필요가 없다. 현재 상대 평가는 대부분 구성원의 사기를 떨어뜨리고 불안하게 만들며 결과적으로 일에 주인의식을 갖기보다는 반감을 갖게 만드는 면이 있다. 직속 상사, 차상위 상사의 사소한 반응에 매달리고 결과적으로 자기 일에 몰입하지 못하게 만드는 행위를 왜 계속해야 할까?

피드백은
누구나 할 수
있어야 한다

넷플릭스의 대표적인 문화 중 하나는 피드백 문화다. 창업자 리드 헤이스팅스Reed Hastings는 피드백 문화를 치과에 가는 것에 비유했다. 즉, 아무리 매일 양치질을 해도 칫솔이 잘 닿지 않는 부분이 있는 것처럼 열심히 해도 관리가 잘 안되는 부분이 있다는 것이다. 이는 피드백을 통해서 관리가 가능하다고 보았다. 따라서 넷플릭스 직원들은 누구든 원하는 사람으로부터 피드백을 받을 수 있도록 솔직함과 투명성을 보장해 줄 수 있는 메커니즘을 찾기 위해 노력했다.

수많은 실험을 거듭한 끝에 넷플릭스는 '이름을 밝힌 360° 서면 평가'와 '라이브 360° 평가'라는 두 가지 프로세스를 확보했다. '이름을 밝힌 360° 서면 평가'를 통해 조직의 어느 지위에 있든 누구에게나 이름을 밝히고 피드백을 줄 수 있다. 또한 '라이브 360°평가'를 일상적인 활동으로 정착시킴으로서 솔직한 피드백을 통해 최고의 기업이 될 수 있었다.

넷플릭스는 연말 성과 평가와 같은 기존의 시스템을 처음부터 반대했다. 이러한 피드백이 일방적인 하향 평가일 수밖에 없기 때문이다. 즉, 상사의 피드백 밖에 받을 수 없기 때문이나. 리드 헤이스팅스는 직원들이 자신의 직속 상사뿐 만 아니라 누구에게나 피드백을 받을 수 있기를 바랐다. 피드백은 부하 직원 에게만 필요한 것이 아니다. 상사 또한 부하 직원에게 적극적으로 구해야 한다. 그런 의미에서 말단 직원에서 CEO까지 모두 피드백 대상이다.

많은 리더들이 직원들에게 피드백을 해야 한다는 사실을 알고 있는 반면에 자신 또한 피드백을 받기 위해 적극적으로 노력해야 한다는 사실을 인식하지 못한다. 대부분의 직원들은 연말이 돼서야 처음으로 받은 평가 결과에 대해서 놀라고 당황스러워한다. 이러한 문제는 대부분의 리더들이 피드백을 주고받는데 익숙하지 못하기 때문에 발생한다. 그래서 직원들에게 시기적절하고, 건설적이고, 행동에 반영할 수 있는 피드백을 주지 못한다. 리더들 또한 더 높은 위치에 오를수록 자신에게 객관적인 피드백을 해 줄 부하 직원이나 코치가 없기는 마찬가지다.

많은 리더들이 직원들의 역량개발이 성과 향상에 중요한 요소라는 점을 믿어 의심치 않는다. 이와 관련해 가장 효과적인 방법은 다름 아닌 피드백이다. 그러나 현실에서 이 과제를 잘 수행하는 기업은 많지 않다. 그 이유를 살펴보면, 먼저 피드백을 평가 면담과 혼동하는 경우가 많다. 많은 리더들은 연말 평가 면담 행동을 직원 피드백의 기회로 활용한다. 그나마도 연말 평가 행동에 너무 많은 대상자가 몰려 이를 연기하거나 취소하는 일도 잦다.

효과적인 피드백과 평가는 성장과 성과 창출에 꼭 필요한 요소이다. 또한 이 주제는 리더십 프로그램, 경영교육 프로그램, 코칭 교육 등에서 깊이 있게 논의되고 있다. 여기에는 그만한 이유가 있다. 기업의 성공은 능력 있는 사람이 조직의 목표를 달성할 수 있도록 관리하는 일 외에도 인재를 채용하고, 육성하는 일에 달려있기 때문이다. 이를 달성하려면 직원 성장과 평가를 위한 효과적인 시스템을 도입할 필요가 있다.

연말 평가와
피드백을
구분하라

피드백은 연말 평가에 앞서 이루어져야 한다. 대상자가 피드백 받은 내용을 행동으로 옮기고 개선하기 위해 노력할 수 있도록 충분히 시간을 두고 진행되어야 한다. 그래야 연말 성과 평가에 대한 상호 신뢰도를 높일 수 있다.

기업들이 피드백의 중요성에 대해 강조함에도 불구하고, 왜 리더들이 시간을 할애해 직원들을 효과적으로 피드백하지 않을까? 직원들에 대한 설문조사 결과 상사의 피드백 횟수와 질이 상대적으로 낮게 나타나는 것일까?

첫 번째 이유는 대다수의 기업들이 연말 평가와 피드백을 구분하지 않는 데 있다. 많은 기업들이 다양한 버전의 다면 평가 제도를 채택했다. 그 결과 직원들은 부하 직원 동료 직원, 상사, 고객 등 다양한 방향에서 피드백을 받는다. 그런데 대부분은 연말 평가를 목적으로 한다.

많은 리더들이 연말 평가를 직원 피드백의 최적의 시기라고 오해한다. 이때 평가자는 데이터를 수집하는 등 철저한 사전 준비 기간을 거치지 못한 채 수많은 대상자의 평가서를 한꺼번에 작성하느라 많은 시간을 소비한다. 그러다 보니 개별 피드백에 대한 별도의 시간을 할애하기 힘든 경우가 대부분이다. 그래서 연말 평가와 피드백을 동시에 준다.

이는 잘못된 관행이다. 이런 식의 평가는 대상자에게는 일종의 '판결'과 같다. 그리고 연말은 직원에게 포상, 평점, 승진 등을 위해 행동 변화를 요청하기에는 이미 너무 늦은 시기다. 상사들도 이런 사실을 알기 때문에 피드백을 통해 현재 상황을 개선할 계획을 세우고 싶은 마음이 들지 않는다. 오히려 긴장하며 방어적인 자세를 취하게 마련이다.

직원들은 마치 판사의 판단을 듣는 피고인의 모습과 흡사하다. 그런 상황에서 건설적인 비판이나 제안을 하기에는 너무 늦지 않은가? 더욱이 연말 평가서에서 받은 내용이 충격적이라면 직원들은 당황하거나, 분노하거나, 평가자에게 배신감을 느낀다. 필자의 경험상 기습적인 연말 평가서를 받은 사람은 상황을 매우 심각하게 받아들인다. 이쯤 되면 효과적인 조직을 만들기 위해 꼭 필요한 신뢰와 커뮤니케이션은 돌이킬 수 없을 정도로 훼손된다. 다시 말해 갑작스러운 피드백을 받은 대상자는 조직에 대한 신뢰와 의욕을 잃고 이직을 생각할 것이다. 결국 회사를 갑자기 그만두는 경우도 생길 수 있다.

연말 업무 평가 시에 직원들을 깜짝 놀라게 하지 마라. 다시 말해 연말 업무 평가 시에 직원을 처음으로 피드백하는 것은 바람직하지 않다. 설사 건설적인 피드백이라 해도 마찬가지다. 이 규칙을 염두에 두면 평소 직원들을 관찰해 적극적으로 피드백하는 데 도움이 될 것이다. 그러면 직원들은 공정성에 믿음을 갖게 된다. 부정적인 피드백을 받더라도 그것이 자신의 성장을 위한 것이라는 사실을 알고 자신감을 잃지 않을 것이다.

필자는 영업 담당 임원이 6개월마다 정기적으로 팀 매출 실적을 평가하여 하위 20%의 팀장을 교체하는 기업을 목격했다. 임원과 팀장 간의 상호 기대는 물론 피드백과 코칭은 생각도 할 수 없었고 팀장과 팀원들은 6개월마다 '판결'을 기다려야 했다. 교체 당한 팀장들은 자신이 무엇을 개선해야 하고 노력해야 하는지 알지 못했다. 또한 실적 개선을 위해 무엇이 필요한지 알지 못했다. 모두 상황의 희생자였다.

리더가 피드백을 효과적으로 하지 못하는 두 번째 이유는 피드백에는 많은 준비가 필요하기 때문이다. 젊은 새내기 리더를 위한 가장 중요한 리더십 교훈 중 한 가지는 부하 직원을 피드백하려면 상당한 시간 동안 준비해야 한다는 것이다.

리더들에게서 "피드백 할 시간이 없다"라는 말을 자주 듣는다. 하지만 정말로 시간이 없는 것일까? 리더의 가장 중요한 역할 중 하나가 인재를 모으고, 유지하고, 계발하는 일이다. 그렇다면 이러한 우선 사항에 집중할 수 있도록 시간을 낼 필요가 있다. 피드백보다 덜 중요한 일에서 손을 떼고 시간을 확보하라. 직속 직원들을 모두 코칭 할 수 없다면 이는 직속 부하 직원의 수가 너무 많다는 뜻이다.

세 번째 이유는 피드백은 매우 복합적인 기술이기 때문이다. 상대에 따라 그리고 상황에 따라 매우 다양하게 변주되는 기술이기 때문에 책이나 교육으로 익히기가 매우 어렵다. 즉, 케바케case by case다. 교육에서 피드백 주는 법을 열심히 배우고 왔는데 조직에 돌아와 적용하려면 생각보다 쉽지 않은 이유가 여기에 있다. 내가 처한 상황과 받을 사람이 워크숍에서 가정한 상황과는 매우 다르기 때문이다. 거기에 더해 가장 중요한 부분은 결국 누가 피드백을 하는가 하는 주체에 대한 부분이다. 아무리 좋은 내용과 기술로 피드백할지라도 평소에 신뢰하지 않던 상사가 피드백을 주면 듣는 구성원은 내적으로 반발심이 더 드는 것이 사실이다.

꼭 기억하라. 피드백은 리더가 해야 할 핵심 업무에 속한다. 그런데 현실에서는 수많은 조직의 리더가 피드백을 제대로 하지 못해서 인재를 잃고 있다.

피드백을 하려면 대상도 관찰해야 하고 대상에 대한 정보를 얻기 위해 동료들과 이야기도 나누어야 한다. 리더는 반드시 시간 내에 이 업무를 해야 한다. 그리고 자신이 내린 결론을 부하 직원 에게 알려야 한다. 이를 토대로 보상 기준과 승진 여부가 결정되기 때문이다.

따라서 직원들은 상사의 피드백이 필요하고 요구할 자격이 있다. 또한 리더는 다양한 업무를 위임할 수 있지만 피드백은 리더가 다른 누군가에게 위임할 수 있는 대상이 아니다. 반드시 피드백을 위한 시간을 확보하도록 하라.

피드백은 연말 평가가 아니다. 대상자가 피드백 받은 내용을 행동으로 옮기고 개선하기 위해 노력할 수 있도록 충분히 시간을 두고 진행되어야 한다. 1년 내내, 매일매일, 새로운 프로젝트를 진행할 때마다 조언과 인정을 받는다면 그보다 좋을 수는 없다.

운전을 할 때와 같다. 초록불이 들어왔는데도 앞에 있는 자동차가 움직이지 않을 때 '저 운전자에게 어떤 이야기를 해줘야 할지 생각해 뒀다가 연말에 해줘야겠군'이라고 이렇게 생각하는 사람은 없다. 신호가 바뀌었는데 앞차가 움직이지 않으면 즉시 경적을 울린다. 앞차가 가속 페달을 밟아야 할 순간이 바로 지금이기 때문이다. 앞차가 피드백을 필요로 하는 시간은 바로 지금이다.

피드백을
구하는 상사가
리더십 평가가 좋다

상사가 부하 직원들의 조언을 구하면 그들도 적극적으로 조언을 구할 것이다. 또한 상사가 자신의 실수에 대해 책임을 지면 부하 직원들 역시 실수를 인정할 가능성이 크다.

피드백은 상사가 모범을 보임으로써 변화를 이끌어 내는 것이 중요하다. 조직 내에서 직급이 높아질수록 모범 효과modeling effect가 더욱 중요해진다. 피드백을 받아들이려는 경영진의 능력만큼 조직의 학습에 큰 영향을 미치는 것은 없다. 물론 조직 내에서 직급이 높아지면 솔직한 조언을 해주는 사람이 점점 줄어든다. 따라서 직급이 높아지면 솔직한 피드백을 구하기 위해 더욱더 열심히 노력해야 한다. 그렇게 직급 높은 사람이 다른 누군가의 조언을 얻기 위해 노력하면 적극적으로 조언을 구하는 분위기가 조성되고, 학습과 문제 해결과 뛰어난 적응력을 토대로 뛰어난 성과를 중시하는 조직 문화가 만들어진다.

고위직에 오른 상사들은 부하 직원들과 접촉할 시간이 거의 없기 때문에 부하 직원들로부터 피드백을 받기가 어려워진다. 하지만 부하 직원들로부터 완전히 고립되어 있지 않다면 정기적으로 서로 만날 기회가 있을 것이다. 부하 직원이 다양할수록 당신이 좀 더 노력해야 할 부분에 대해 속속들이 알 수 있다. 더불어 강점에 대한 의견도 들을 수 있다.

이러한 피드백을 자신에 대한 불만이나 평가로 여겨 위협을 느끼는 리더들도 있다. 하지만 그들을 위협적인 존재가 아니라 정보제공자로 생각하라. 그들은 잠재적으로 귀중한 피드백을 가지고 있는데 그런 피드백을 들으려면 적극적으로 움직여야 한다. 그렇지 않으면 연말 평가의 일환으로 다면 평가를 할 때 비로소 피드백을 듣게 된다. 이는 너무 늦다. 해고에 대한 두려움이 없는 직원이 아니라면 상사에게 기꺼이 피드백을 할 수 있는 사람은 없다. 그러므로 부하 직원의 피드백을 구하는 것은 쉽지 않다.

리더들을 대상으로 한 한 연구에 의하면 리더가 상사 혹은 자신의 부하 직원에게 적극적으로 피드백을 구하는 리더일수록 전반적인 리더십 효과성 점수가 높게 나타났다. 가장 자주 피드백을 요구하는 상위 10%의 리더는 100점 만점에 86점의 리더십 효과성 점수를 받은 반면에 피드백을 가장 꺼리는 하위 10%의 리더는 고작 15점 밖에 받지 못했다. 연구 결과를 통해서 부하 직원에게 피드백을 구하는 것이 리더의 발전에 도움이 될 수 있음을 알 수 있다.

리더가 피드백을 구하는 상황을 '권위를 상실했다'라고 판단하는 경우가 종종 있다. 자존심 때문에 피드백을 구하지 않는 경우가 반복된다. 이러한 상태가 되면 해당 리더는 구성원들로부터 신뢰를 얻기 힘들다. 리더가 구하는 피드백은 그 자체로서도 의미가 있지만 구성원들과 함께 소통한다는 관점에서 구성원들의 동기를 유발하는 효과적인 방법이기도 하다.

부하 직원에게 "내가 개선하거나 더 노력해야 할 부분이 있으면 솔직하게 말씀해 주세요"라고 피드백을 구하면 대부분 처음에는 "없습니다"라고 대답한다. 괜찮으니까 솔직히 말해달라고 계속해서 요청하면 직원들은 마지못해 이야기를 꺼낸다. 어색한 침묵이 흐르고 잠시 후 직원이 무슨 말을 꺼내려다가 멈칫하다가 "편하게 말씀해 주세요"라고 계속 압박하면 평소에 생각은 했지만 조심스러워서 하지 못했던 말들을 하기 시작한다. 주로 기본적인 사항에 대한 주관적인 비평이기 때문에 듣는 상사에게 충격적일 수 있다. 그 피드백이 옳은 내용이라는 사실을 자신도 알기에 그리고 조직 내의 다른 사람들도 같은 생각을 하리란 것을 알기에 더욱 충격적이다.

이 행동에서 평정심을 유지하기 위해 노력하고 더불어 피드백을 준 직원에게 진심으로 감사를 표해야 한다. 그런데 중간에 말을 끊고 변명을 한다든지 하게 되면 가까운 장래에 다시는 피드백을 들을 수 없게 될지도 모른다.

인내심을 가지고 끝까지 피드백을 들은 후에는 용기를 내서 진실을 말해준 직원에게 감사를 표하고 피드백 받은 점을 극복하고 개선하는 노력을 직원들에게 보여주라. 그리고 시간이 지나고 약점이 개선되었는지에 대한 피드백도 듣고 싶다고 이야기히라. 직원들은 자신이 회사에 직접적인 영향력을 미친다는 사실을 몸소 체험하면서 동기부여될 것이다. 그리고 이런 이야기는 대부분 입소문을 타고 회사 내에 빠르게 퍼진다. 그러면 머지않아 직원들도 당신의 행동에서 개선이 필요한 부분을 발견하면 기꺼이 피드백을 줄 것이다.

지금 말한 것은 피드백을 구하는 '척하거나' 인기를 얻기 위한 일이 아니다. 건강한 조직을 위한 조기 경보체계가 되기 때문에 하는 것이다. 전문가로서 이렇게 조언해 주고 싶다. 일대일로 만나 정기적으로 피드백을 구하라. 당신이 진심으로 피드백을 원한다는 것을 확실히 보여 주어야 한다. 가볍고 좋은 이야기만 하기보다는 문제를 지적하는 것이 개인의 경력 향상에 도움이 된다는 사실도 알려주는 것이 좋다. 건설적인 평가에 진심으로 귀 기울이고 자아 발전을 위한 노력과 배움을 계속하겠다는 열정을 보이면 직원과 동료들은 기꺼이 당신을 도우려고 할 것이다.

이러한 문화가 자리 잡으면 구성원들은 당신이 당신의 약점 때문에 회사를 망치기 전에 문제를 파악할 수 있도록 해줄 것이다. 또한 당신은 환경 변화에 적응하고 회사의 취약한 부분을 파악하는 데 도움을 얻을 수 있으며, 나아가 최고의 자리에서 느끼는 외로움을 덜 수 있을 것이다. 물론 이런 접근을 위해서는 건설적인 피드백을 경청하고, 배우고, 적용하고자 하는 마음가짐이 필요하다.

스스로를 믿어라. 그리고 당신이 먼저 행동하라. 그러면 구성원 모두가 행복할 것이다.

Feedback Lessons

상사를 위한 피드백, 기다릴까? 먼저 나설까?

조직에서 일을 하다 보면 고객과의 회의, 프레젠테이션, 토론, 협상 등 다양한 상황에서 동료와 협업하게 된다. 이 행동에서 주고받는 피드백은 업무 성과 개선에 중요한 역할을 한다. 하지만 피드백 상대가 상사라면 도움을 주겠다고 자신이 느낀 바를 터놓고 피드백 할 수 있을까? 부하 직원 입장에서는 '솔직히 말했다가 괜히 긁어 부스럼 만드는 건 아닐까?' 하는 걱정이 자연스레 들기 마련이다.

이처럼 상사에게 '상향 피드백upward feedback'을 제공하기란 몹시 힘들다. 하지만 정확하고 사려 깊게 상향 피드백을 제공한다면 상사에게 직접적인 도움을 줄 수 있을뿐더러 업무 관계도 대폭 개선할 수 있는 계기로 삼을 수 있다.

저술가이자 비즈니스 컨설턴트인 에이미 갤로Amy Gallo는 상사에게 피드백을 하기 전에 다음과 같은 체크리스트를 활용하라고 조언하고 있다. 다음은 상사에게 효과적인 피드백을 하기 위한 5단계 체크리스트다.

1단계 : 상사와 부하 직원 간 신뢰가 형성되어 있는가?

다른 형태의 피드백도 마찬가지지만 둘 사이에 신뢰가 형성되어 있지 않으면 상사가 당신의 피드백을 제대로 받아들이지 못할 가능성이 크다. 하지만 상사가 열린 태도를 갖고 있으며 상사와 우호적인 관계를 유지해 왔다면 과감히 솔직하게 얘기할 필요가 있다. 반드시 좋은 의도를 갖고 있어야 함은 물론이다. 상사와의 관계에 어떤 문제가 있든 상사에게 도움을 주겠다는 마음이 우선이어야 한다.

2단계 : 상사를 위한 피드백, 기다릴까? 먼저 나설까?

신뢰를 확인했다면 시기를 체크해야 한다. 상사와의 관계가 아무리 좋다 해도 상사가 요구하지 않을 때 피드백을 제공하는 건 자칫 경솔한 행동이 될 수 있기 때문이다. 보통 새로운 프로젝트를 시작할 때나 새로운 고객을 맞이할 때가 좋은 타이밍이다.

가령 "프로젝트 진행하다가 제가 이때쯤 피드백을 드린다면 도움이 될까요?"라거나 "지금 하고 계신 일에 대해 저 나름대로의 의견이 있습니다. 이 프로젝트가 어떻게 진행될지 피드백이 필요치 않으십니까?"라고 물어볼 수 있다.

3단계 : 내가 관찰한 것만 솔직하게

상사가 피드백을 받기로 했다면 어떤 내용을 피드백할지 결정해야 한다. 이때 자신이 상사라면 어떻게 할지 넘겨짚는 의견을 내는 건 곤란하다. 자신의 눈에 보이는 모습은 상사의 전체 중 일부에 불과할 수 있기 때문이다. 대신 자신이 보고 듣고 있는 사실 즉, '인식'의 형태로 피드백을 제시하는 것이 좋다.

리더십 컨설턴트 존 발도니가 제안하는 좋은 피드백의 예는 다음과 같다. "그 회의에서 마치 상대를 괴롭히는 듯한 인상을 남기신 듯합니다"라는 식으로 자신의 관점을 상사에게 전달하면 상사는 다른 사람들이 자신을 어떻게 바라보는지 한층 쉽게 이해할 수 있다.

4단계 : 상사가 화를 낼 때

아무리 조심스럽고 사려 깊게 피드백을 전달하더라도 상사가 화를 내거나 방어적인 반응을 보일 수 있다. 그렇다고 해서 조용히 입을 다무는 건 현명하지 않다. 오히려 그 기회를 이용해 상사가 앞으로 나아가는 데 유용하다고 느낄 만한 얘기를 이어나가는 게 좋다. 우선 자신은 상사가 요청한 일을 하고 있을 뿐이며 어떤 지점에서 불쾌감을 느끼는 건지 판단할 수 있도록 돕는 게 좋다고 얘기한다.

5단계 : 확실치 않을 때에는 입을 닫아라

만약 상사가 피드백을 원하는 건지, 피드백의 주제가 민감한 것인지 판단이 서지 않을 때에는 차라리 입을 다무는 편이 좋다. 상사의 행동이 회사 전체, 혹은 자신이 속한 사업 부서 전체를 위험에 빠뜨리고 있다는 생각이 드는 게 아니라면 괜히 업무 관계나 일자리를 걸고 모험을 할 이유가 없다. 대신 360° 피드백다면 평가과 같이 익명으로 피드백을 제공할 수 있는 기회를 찾아볼 수 있을 것이다.

리더는 크든 작든 힘권력을 가지고 있다. 그리고 이 권력과 직위가 합쳐지게 되면 진술한 피드백을 받기 어려워진다. 리더 스스로 피드백을 받겠다고 밝힌다 하더라도 아래에서부터 위로의 피드백은 쉽사리 일어나지 않는다. 사실 많은 사람들이 리더가 듣기 좋아할 것이라고 생각하는 것만 리더에게 말하는 환경에서 살아왔다고 볼 수 있다. 이런 행동들을 하는 직원 직원들이 이득을 보는 경우는 수없이 보았을 것이다.

현명한 리더라면 이런 일이 일어나게 해서는 안 된다. 피드백은 리더의 성장과 개발에 있어 대단히 중요한 것일 뿐만 아니라 기업이 처한 상황을 정확하게 이해하고 올바른 의사결정을 하는 데 있어서 꼭 필요한 것이다. 훌륭한 리더는 건설적인 피드백을 오히려 요구한다. 왜냐하면 피드백을 받음으로써 리더 자신의 개인적 발전과 함께 기업의 발전까지도 이끌어 낼 수 있음을 알기 때문이다.

당신이 리더라면 직원들에게 피드백을 요청하라. 피드백이 없으면 당신은 독재자가 될 수도 있다.

Feedback Lessons

PART 2

긍정적 피드백
vs
부정적 피드백

부정적인 피드백도
적당히 하면
도움이 된다

피드백이란 어떤 사람의 행동을 변화시키는 데 도움을 주는 수행 performance에 대한 정보information로서 '긍정적 피드백'과 '부정적 피드백'으로 나뉜다. 그러나 일반적으로 학자들이나 전문가들은 부정적이라는 불편한 어감 때문에 부정적 피드백이라는 표현 대신 발전적 피드백이라는 표현을 더 많이 사용한다.

일반적으로 기업에서 가지고 있는 정보나 데이터는 부정적인 것들이 많다. 불량률, 사고 발생 횟수, 결근 횟수 등이 그렇다. 그러나 이러한 부정적인 측면에 대한 피드백은 직무 수행을 효과적으로 향상시키지 못한다는 것이 일반적이다. 예를 들면 바르게 조립된 부품의 비율, 안전 준수 횟수, 출근 횟수와 같이 긍정적인 데이터를 활용하여 피드백을 하는 것이 더 바람직하다는 것이다.

언뜻 생각해 보면 상사나 리더의 부정적인 정서적 표현은 직원들의 동기부여에 도움이 되지 않을 것 같다. 하지만 리더의 불쾌한 피드백이 성과 향상에 긍정적인 영향을 미치는 경우도 있다. 학계에서도 팀 리더의 불쾌한 정서적 표현이 리더의 효과성에 부정적인 영향을 미친다는 연구 결과가 있는가 하면 반대로 긍정적인 영향을 미친다는 연구 결과도 나오고 있다.

그렇다면 리더의 부정적 표현은 어떻게 직원들에게 긍정적인 영향을 미칠까? 스타우 배리Staw, Barry, 디셀즈 캐서린DeCelles, Katherine, 드 고이 피터de Goey Peter가 2019년 미국 심리학회지에 게재한 논문을 통해 살펴보자.

'사회적 정보로서의 감정 모델EASI, Emotions as Social Information'의 연구결과에 따르면 리더의 불쾌한 정서적 표현은 직원들에게 현재 성과가 낮으며, 더 많은 노력이 필요하다는 신호를 제공하는 역할을 한다. 즉, 상사의 불만족 혹은 실망의 표현은 현 상태에 개선이 필요하다는 것을 암시한다. 이로 인해 직원들은 직무에 더 많은 노력을 쏟음으로써 팀 성과를 향상시킬 수 있다.

또한 리더의 정서적 표현이 성과에 미치는 영향은 정서 표현의 강도에 따라 달라지는 것으로 나타났다. 리더의 정서는 표현 방식이나 양식에 따라 다양한 강도로 인식될 수 있다. 예를 들면 리더가 어떤 사건이나 결과에 대해 실망을 표현하는 것은 화를 내는 것보다는 덜 강한 정서적 표현으로 인식된다.

'이중 임계치 모델EASI, Emotions as Social Information'에 의하면 부정적 정서 표현이 행동에 미치는 영향에는 두 단계의 임계치가 있다고 제안한다.

첫 번째 임계치는 리더가 부정적 정서를 인식하는 것을 넘어 실제로 그 정서를 직원들에게 표현하고 그것이 직원들에게 인식될 때를 말한다. 하지만 만약 표현의 강도가 지나치게 강해 두 번째 임계치를 넘는 수준으로 표현된다면 직원들은 이런 표현이 부적절하거나 선을 넘어선 것으로 인식할 수 있다. 이 경우 직원들은 부정적 정서를 격렬하게 표현한 리더에게 부정적인 태도를 갖게 된다.

부정적인 표현을 적당히 사용하면 팀 성과가 높아진다

UC 버클리 하스비즈니스스쿨의 스토 교수 등 연구진은 고등학교와 대학교 농구팀 감독 총 57명에게 연락해 그중 23개 팀의 게임 304회의 하프 타임 경기 관련 자료를 수집했다. 연구 보조자는 하프 타임에 코치나 감독이 하는 말과 정서적 표현을 모두 녹화했다. 자료를 바탕으로 감독이나 코치가 표현한 정서들을 긍정만족한, 기쁜, 따뜻한, 열정적인과 부정화난, 짜증 난, 불안한, 좌절한 두 가지로 구분하고 얼마나 강한지를 5점 척도로 평가했다.

분석 결과 부정적인 정서 표현은 팀 성과와 긍정적인 상관관계가 있었다. 다만 긍정적인 정서 표현은 팀 성과와 낮은 상관관계를 보였다. 코치의 부정적인 정서 표현 수준이 높을수록 팀 성과가 좋았고, 긍정적 표현 수준이 높을수록 팀 성과가 낮았다. 추가 분석을 한 결과 리더의 정서적 표현과 성과의 관계가 역 U자 패턴을 보이는 걸 확인할 수 있었다. 표현의 부정적 수준이 중간 정도가 될 때까지는 성과가 증가했지만 중간 이상으로 강할 땐 오히려 팀 성과가 감소했다.

두 번째 연구에서는 녹화된 자료를 부정적 표현이 강한, 중간, 낮은 수준으로 분류해 이 자료를 고등학교와 대학교 스포츠팀 경험이 있는 학생 283명에게 보여줬다. 녹화된 자료를 본 참가자들은 이후 경기에 얼마나 노력을 기울일지, 전략이나 경기 방법을 바꿀 것인지를 측정했다. 그 결과 노력의 강도는 중간 정도의 부정적 표현에서 가장 높았고 그다음으로는 부정적 정도가 낮을 때, 마지막으로 부정적 수위가 강할 때 가장 낮았다.

리더의 표현 방식에 따라 팀 성과가 달라질 수 있다

앞의 연구 결과는 리더의 불쾌한 정서적 표현 정도에 따라 팀 성과가 개선될 수도 혹은 나빠질 수도 있다는 점을 보여준다. 리더의 불쾌한 정서 표현의 효과가 역 U자 패턴을 가진다는 점은 약간의 불쾌한 표현은 팀의 성과와 노력 향상에 기여할 수 있지만, 불쾌함이 높은 수준에 이르면 팀 성과를 손상시키고 자신감과 낙관주의를 훼손할 수 있음을 시사한다.

따라서 리더는 부정적 정서를 표현할 때 주의를 기울여야 한다. 부정적 정서의 표현이 언제 필요한지, 어느 정도 수준으로 표현을 해야 할지 조절할 필요가 있다. 또 부정적인 정서를 표현할 때는 직원들의 반응도 민감하게 파악해야 한다는 교훈을 준다. 적낭한 부정직 표현이 성과에 효과가 있다고 할지라도 이를 남용해서는 안 된다.

부정적 피드백과
긍정적 피드백의
활용 방법

리더십을 연구하는 컨설팅 회사 젠거 포크만Zenger Folkman은 1,000명의 대상자로부터 피드백에 관한 자료를 수집했다. 그 결과 칭찬이 기분 좋은 피드백이긴 하지만 잘못을 지적해 주는 피드백이 긍정적 피드백보다 성과를 향상시키는 데 도움이 된다고 밝힌 사람이 그렇지 않은 사람보다 3배가 많았다. 반면에 대부분의 사람들은 긍정적인 피드백이 그들의 성공에 별다른 영향을 주지 못한다고 대답했다. 즉, 세 명 중 한 명은 더 나은 성장과 실수에 대한 경각심을 불러일으키는 피드백이 칭찬 등의 긍정적인 피드백보다 실적을 크게 개선시킨다고 대답했다.

경력에 도움이 되는 요소를 물었을 때 72%의 관리자가 수정을 위한 피드백을 제공해야 한다고 답했다. 다시 말해 많은 이들이 긍정, 부정적 피드백이 아닌 진실한 피드백을 원했다. 이런 연구결과는 상당 부분 조사 참여자들의 경험과 관계가 있었다. 연구진들은 어떤 문제에 대해 전문가라고 생각하는 사람들의 경우 부정적인 피드백을 바라며, 초보자들의 경우 긍정적인 피드백을 원한다는 사실을 알게 되었다.

조 허쉬Joe Hirsch가 저술한 『피드 포워드원제 : The Feedback Fix: Dump the Past, Embrace the Future, and Lead the Way to Change』에 소개된 수십억 달러 규모의 네일아트 산업을 연구한 결과에서도 같은 결과를 확인할 수 있었다.

이 분야의 전문가로 인정받는 여성들은 다양한 네일 제품을 사용하려고 했고, 한 달에 몇 번씩 네일숍을 방문했으며 정기적으로 손톱 손질을 받았다. 이들은 손톱에 바른 빨간색이 어울리지 않는다거나, 이번에는 손톱 연장을 건너뛰는 게 좋겠다는 식의 부정적인 피드백을 원했고 소기의 목적을 달성하기 위해 돈을 쓰는 것도 마다하지 않았다.

전문가와 초보자가 원하는 피드백이 다른 이유는 자신감의 차이 때문으로 보인다. 어떤 일을 이제 막 시작한 사람은 경험이 있는 사람들에 비해 확신을 얻기를 바란다. 이를 통해 일터에서 요구되는 또 다른 요소를 확인할 수 있었다. 바로 동기부여다.

전문가와 초보자는 각각 다른 충동을 느끼는 것으로 확인되었다. 초보자들은 노력을 강화하기 위한 '의지'를 다지고자 한다. 그래서 타인이 그들의 목표를 가치 있게 생각하는지 알고 싶어 한다. 이들에게 긍정적인 피드백은 앞으로 어느 쪽을 향해 나아갈지 짚어주는 안내 책자와 같다. 하지만 전문가는 이미 방향이 정확하기 때문에 더 잘 발전하고 싶다는 목표를 가지고 있다. 자신이 더 발전할 수 있는지 확인하고 싶다는 목표를 가지고 있다. 따라서 자신이 더 발전할 수 있는지 확인하고 싶어 한다. 이런 점에서 부정적인 피드백은 생산성을 저해하는 장애물을 제거하는 데 훨씬 도움이 된다.

정리하자면 초보자는 기분이 나아지는 긍정적인 피드백을 원하고 전문가는 성장을 돕는 부정적인 피드백을 원한다. 하지만 부정적인 피드백이 효과를 발휘하려면 반드시 건설적이어야 하며 쓸데없는 위험이 되어서는 안 된다. 일부러 깎아내리기 위한 부정적인 피드백을 제공하는 게 아니라 진심이 느껴질 때 부정적인 피드백이 긍정적인 피드백보다 더 큰 변화를 일으킨다. 핵심은 진정성이다.

잘못보다는
강점을 중심으로
피드백하라

마커스 버킹엄Marcus Buckingham과 애슐리 구달Ashley Goodall의 연구에 의하면 기업들은 관리자로 하여금 직원들에게 비판적인 피드백을 직접적으로 자주 할 것을 주문한다. 하지만 직원들의 성과를 비판적으로 평가하고 개선책을 제시하는 것은 그들의 역량을 키우기보다는 저해한다. 오히려 팀원이 잘하고 있는 역량을 개발할 수 있도록 돕는 방식의 피드백을 하는 것이 좋다.

단점을 지적하는 피드백은 NO

비즈니스 세계에서 '피드백'은 가장 중요한 화두 중 하나다. 넷플릭스에서는 매우 강도 높은 360° 평가를 시행하고, 세계 1위 헤지펀드 브리지워터 어소시에이츠에서는 직원이 CEO에게 날카로운 피드백을 던진다. 잘못된 점을 지적해 주는 엄격하고 솔직한 피드백을 권하기 때문이다. 하지만 세계적인 기업에서 사용하는 피드백 방식이라고 해서 무턱대고 모방해서는 안 된다. 단점을 지적하는 피드백에는 함정이 있기 때문이다.

인간은 다른 인간을 객관적으로 평가하지 못한다. 자신의 주관적 의견을 바탕으로 누군가의 성과를 다른 누군가의 성과에 비교해서 말할 뿐이다. 또한 개개인은 각자의 역량을 지니고 있기 때문에 장점을 계발하는 편이 낫지, 잘못된 것을 바로잡는다고 특별한 성과를 내지는 못한다. 우울함을 없앤다고 해서 즐거움이 커지지는 않는 것과 같다.

또한 비판은 학습하고자 하는 뇌의 능력을 저해한다. 신경과학의 한 실험에서 연구팀은 학생을 두 개의 그룹으로 나눴다. 한 그룹에게는 꿈에 대해 묻는 긍정적인 코칭을 하고 꿈을 이루기 위해 무엇을 해야 할지를 알려줬다. 다른 그룹에게는 숙제를 잘하고 있는지 확인하면서 학생들이 무엇을 잘못하고 있고 그것을 어떻게 고쳐야 하는지 물었다. 이렇게 대화를 유도하는 동안 연구팀은 기능성 자기공명영상 기계로 학생의 뇌를 스캔해 뇌의 어느 부분이 가장 활발하게 반응하는지를 관찰했다.

무엇을 고쳐야 하는지에 대한 질문을 받은 학생들의 경우 뇌의 교감신경계가 작동했다. 이를 '투쟁―도피 반응fight or flight system'이라고 한다. 이는 뇌의 다른 부분을 차단하고 생존 정보에만 집중하도록 한다. 이때 뇌는 비판적 피드백을 위협으로 간주하고 활동량을 줄인다. 심리학 및 경영대 교수인 리처드 보이애치스Richard Boyatzis는 "비판으로 생긴 부정적인 감정은 기존 신경회로의 접근을 방해하고 인지적, 감정적, 지각적 손상을 일으킨다"라고 주장한다. 이렇듯 사람들의 단점과 부족한 점을 지적하는 부정적인 피드백은 학습 효과를 저해한다.

반면에 꿈에 초점을 맞춰 어떻게 달성해야 할지를 고민했던 학생들의 경우 '휴식과 소화 체계rest and digest system'라고 불리는 부교감신경계가 작동했다. 보이애치스는 "부교감신경계는 새로운 뉴런의 성장과 같이 '성체 신경발생adult neurogenesis'을 자극해 인지—감정—지각적 개방성을 높인다"라고 말한다. 이처럼 연구 결과는 우리가 잘하는 분야에 관심을 가지고 더 개발하라는 독려를 받을 때 학습 효과가 높아지는 것이다.

칭찬은 고래도 춤추게 한다

그렇다면 실패를 피하기 위해서가 아닌 성공을 위한 피드백은 어떻게 해야 할까?

미국의 프로 미식축구팀인 댈러스 카우보이스Dallas Cowboys의 전설적인 코치 톰 랜드리Tom Landry의 예를 보자. 다른 팀들은 태클을 놓친 순간이나 공을 떨어뜨린 순간 등 선수들이 잘못한 부분을 검토

했다. 하지만 랜드리는 선수 개개인이 기량을 발휘한 순간에 집중했다. 그는 선수들이 자신이 잘한 부분을 슬로 모션으로 시청하고 칭찬받으면 역량을 키울 수 있다고 생각했다. 그래서 그는 선수들에게 "잘한 경기만 보여주겠다"라고 선언한 바 있다.

회사에서도 마찬가지다. 프로젝트가 잘 진행되거나 고객의 화가 누그러지는 순간에 주목하라. 그리고 좋은 결과를 만들어낸 팀원을 칭찬해라. 이때 단순히 팀원이 '얼마나 잘하고 있는지'를 평가하기보다 당신이 개인적으로 느낀 바를 공유해 보라. 팀원의 탁월한 성과가 당신의 관심을 끌었을 때 팀원에게서 어떤 잠재력을 발견했고 당신이 '무엇을 느꼈는지' 말해라.

이는 상사의 기계적인 평가처럼 느껴지지 않고 겸손하고 파워풀해 보인다. 팀원은 자신이 잘한 일에 관심을 갖게 되면서 통찰력을 얻고 자신이 가진 능력을 다시 한 번 점검하게 된다. 이것이 학습이다. 꼭 실패를 꾸짖고 못한 부분을 들춰내야 성장하는 것은 아니다.

우선순위 인터럽트를 기억하라

컴퓨팅에서는 컴퓨터 프로세서의 즉각적 반응이 필요할 때 우선순위 인터럽트가 발생한다. 이 같은 방해가 생기면 기계는 정상 작동을 멈추고 프로세싱 헤드에 이슈가 있다고 알린다.

컴퓨터 프로세서처럼 팀장의 관심을 끌어서 하던 일을 멈추고 조처를 하도록 만드는 것들이 있다. 대부분 문제가 발생한 경우다. 잘못 받은 전화, 놓친 미팅, 실패한 프로젝트 등을 보게 되면 팀장은 자동반사적으로 잘못한 사람을 추궁하고 고쳐야 할 부분을 말하게 된다. 이러한 반응은 잘못된 것은 아니다. 하지만 고칠 부분을 바로 말해버리면 팀원의 배울 기회를 빼앗는 셈이다.

또 팀원이 일을 잘하고 있는데 중간에 개입해 일일이 피드백을 주면, 이는 팀원뿐 아니라 당신에게도 우선순위 인터럽트가 될 수 있다. 팀원에게 작더라도 잘한 부분을 말해주면 그들의 마음이 '휴식과 소화' 모드로 전환될 것이다. 이를 통해 그 팀원은 탁월한 업무의 수준에 대한 이해를 높일 수 있다. 또한 그의 뇌는 새로운 정보에 빠르게 반응하고, 뇌의 다른 영역에서 발견된 인풋과의 연결고리를 찾으려 노력할 것이다. 이러한 과정에서 팀원은 배우고 성장할 것이다.

현재, 과거, 미래를 탐험하라

직원들이 업무성과에 대한 피드백을 요청한다면 다음과 같이 해보자.

현재 상황부터 시작하라

팀원이 지금 당신을 찾는 이유는 당장 어떤 문제에 직면해있기 때문일 것이다. 많은 경우에 팀장이 직접 개입하면 문제가 쉽게 해결

될 수도 있다. 하지만 그 문제를 바로 해결하기보다 그 팀원에게 "무엇이 문제냐?"라고 묻는 것이 아니라, "무엇이 잘 되고 있느냐?"라고 물어라. 잘되고 있는 업무에 대해서 구체적으로 말하다 보면 창의력 호르몬이라고도 불리는 '옥시토신'의 분비가 증가한다. 옥시토신 분비와 함께 팀원은 보다 새로운 생각과 행동을 할 수 있게 될 것이다.

과거로 돌아가라

"과거에 업무를 진행하면서 같은 문제에 봉착했을 때, 어떻게 했더니 잘 해결이 되었는지" 물어보라. 그가 과거에 똑같은 문제를 겪은 적이 있다면 분명 개선책, 행동 방침, 인사이트, 연결고리를 찾아 어려움에서 벗어나려고 노력했을 것이다. 그가 과거에 문제에 대해 어떻게 생각했고 어떻게 해결했으며, 어떤 수순을 밟았는지 생각해 보도록 독려하라.

미래로 질문의 방향을 돌려라

팀원에게 "다음으로 무엇을 해야 한다고 생각하는지, 이러한 상황에서 어떻게 하면 잘 해결할 수 있을 것 같은지"와 같은 질문들을 하라. 이때 당신의 경험을 한두 가지 공유해서 그가 생각을 구체화할 수 있도록 도와라. 여기서 "왜 그 방법이 통하지 않았다고 생각하나?"와 같은 질문은 중요치 않다. 팀원이 이미 설루션을 알고 있다는 전제하에 물어라. 당신은 그가 생각을 떠올릴 수 있도록 도울 뿐이다.

피드백은 실수를 시정하거나 강화할 때만 효과가 있다. 그러려면 올바른 해결 방법을 알고 객관적으로 평가할 수 있어야 하는데 이는 매우 드물다. 오히려 과도하게 솔직한 피드백은 누군가에게 큰 타격을 줄 수 있다. 또한 지속적인 평가를 받는 환경에 놓인 사람들은 보통의 결과만을 내놓을 뿐이다. 타인의 잘못을 들추는 것이 아니라 서로의 경험을 공유하고 느낌을 말하고 잘하는 것을 칭찬해 보자. 직원들의 뛰어난 기량을 끌어낼 수 있을 것이다.

나쁜 행동에는
과감하게
피드백하라

마커스 버킹엄Marcus Buckingham과 애슐리 구달Ashley Goodall의 연구와 대조적으로 조직 연구가 앤드루 마이너Andrew Miner에 따르면, 직원들에게 상사나 동료들과의 부정적인 상호 작용은 긍정적인 상호 작용에 비해 5배나 강력한 영향을 미친다고 한다.

이들이 강조하는 것은 조직에서는 이기심, 심술궂음, 두려움, 게으름 등의 파괴적인 행동이 건설적인 행동보다 훨씬 더 큰 영향을 미친다는 점이다. 우수한 조직을 만들기 위해 좋은 행동을 퍼뜨리기보다는 나쁜 행동을 없애는 데 먼저 집중해야 하는 이유다.

여기 '나쁜 행동을 없애기'로 마음먹은 리더들에게 도움이 되는 몇 가지 방법들을 소개한다.

일찌감치 나쁜 행동의 싹을 잘라라

1982년, 범죄학자 조지 L. 켈링George L. Kelling과 정치학자 제임스 Q. 윌슨James Q. Wilson은 '깨진 유리창broken windows' 이론을 발표했다. 가령 어떤 상점에 유리창 하나가 깨진 것을 그대로 방치해 두면 사람들은 상점 주인이 그 가게에 대해 별로 신경을 쓰지 않는다고 생각하게 되고, 그 결과 누군가 다른 유리창을 깨 버려도 아무도 상관하지 않을 것이라는 인식이 확산돼 결국 모든 유리창이 깨지는 무법 상태가 벌어질 수도 있다는 이론이다.

아무리 사소해도 나쁜 행동을 그냥 내버려 두면 훨씬 더한 행동을 저지르더라도 이를 막을 사람이 없을 것이라는 신호를 보내는 것과 마찬가지다. 이는 결국 사소한 무질서가 큰 문제로 이어지게 하는 빌미를 제공하게 된다. 일찌감치 나쁜 행동의 싹을 잘라야 하는 이유다.

부정적인 행동을 보이는 직원 중 상당수는 피드백과 조언을 받은 후, 혹은 이런 행동이 용납되지 않는 직장으로 이직한 후 행동을 수정한다. 스탠퍼드 대학 페리 클레반Perry Klebahn 교수는 그의 동료들과 함께 여러 차례 경영자 프로그램을 진행하면서 팀 전체에 해를 끼치는 암적인 존재들을 찾아냈다. 그리고 이들을 따로 모아 별도로 새로운 팀을 꾸렸다. 그런 다음 새로 꾸린 팀이 다른 팀을 '감염'시키지 않도록 구석 자리로 이동시키고 나쁜 행동을 용납하지 않는 코치에게 해당 팀을 맡겼다.

이 방법은 효과적이었다. 특히 부정적인 행동을 보이면서 지배적인 성향을 갖고 있는 사람들로 구성된 팀에 이들을 효과적으로 제어할 수 있는 코치를 배치하자 건설적인 시너지가 솟아났다. 대개 성격이 드세고 고압적인 사람들은 일반적인 조직에 속해 있을 경우 상대적으로 적극적이지 않은 사람들을 짓밟을 가능성이 있지만, 이런 부류 사람들만 따로 떼어 한데 모아 놓으면 그들 간에 '힘의 균형'이 생긴다. 이런 상황에서 능력 있는 코치를 배정하자 몇몇 팀 가운데에는 깜짝 놀랄 만큼 훌륭한 신제품 원형을 개발하고 고객 경험 개선에 도움이 되는 방안을 제시하는 등의 성과를 보였다.

탁월성을 추구하기에 앞서 타당성을 추구하라

훌륭한 리더와 훌륭한 팀이 되기 위한 기본 조건은 '당연한' 일을 잘하는 것이다. 그러나 현실에서 당연한 일을 잘 해내는 사람은 흔치 않다. 마찬가지로 많은 기업들도 당연히 해야 할 기본을 지키지 못해 낭패를 보는 경우가 많다. 남들보다 '탁월한' 서비스는 기업 성과에 그다지 도움이 되지 않는다. 오히려 나쁜 서비스야말로 고객을 내쫓고 기업에 크게 해를 입힌다. 고객 서비스 경험과 관련해 긍정적인 이야기를 퍼뜨리는 고객은 전체의 25%에 불과한 반면 불쾌한 경험에 관해 부정적인 이야기를 퍼뜨리는 고객은 65%에 달한다는 연구 결과도 있다.

고객의 충성심을 잃지 않으려면 고객이 수월하게 일을 처리할 수 있는 환경을 만들어야 한다. 이에 현명한 기업들은 고객이 다시 전화를 걸지 않고도 구매 절차를 끝내거나, 약속을 잡거나, 거래를 완료하거나, 문제를 해결할 수 있도록 하는 방안을 마련하는 데 집중한다.

가령 호주의 한 통신 기업은 고객의 전화를 받는 서비스 직원들의 생산성을 평가하는 지표들을 모두 없앴다. 대신 고객들에게 '서비스가 고객의 요구를 충족시켰는지'를 질문하는 성과 평가 방식을 도입했다. 그러자 직원들의 통화 시간은 약간 길어졌지만 고객이 같은 용무로 다시 전화를 거는 횟수는 58%나 줄어들었다.

인기 직원을 동원해 나쁜 행동을 정의하고 진압하라

조직 내 나쁜 행동을 진압하는 데는 그 주체가 누구냐에 따라 성공 여부가 크게 달라진다. 조직 내에서 가장 존경받고 가장 인맥이 넓은 사람을 선발해 무엇이 '나쁜 행동'인지 가르치고, 더 이상 나쁜 행동을 하지 않도록 독려하는 것이 일반 직원들에게 일일이 설명하는 것보다 더욱 효과적이라는 뜻이다.

남미의 대형 소매 체인에서 일하는 경영자 A는 회의 시간에 다른 경영자들의 불량한 태도로 인해 골머리를 앓고 있었다. 회의 중에는 휴대전화를 사용하지 말라고 반복적으로 요청했지만 모두 계속해서 휴대전화를 붙들고 있었기 때문이다. 해당 경영자의 말을 그대로 인용하자면 "그 빌어먹을 조그만 화면"때문에 회의 참석자들은 중요한 부분을 놓치거나 다양한 의견이 필요한 순간에도 멍하게 있기 일쑤였다.

문제를 해결하기 위해 A는 경영 팀 내에서 가장 존경받는 두 명을 따로 불러 회의 중에는 휴대전화를 끄고 주머니에 넣어 달라고 부탁했다. 또한 다른 회의 참석자들 역시 휴대전화를 사용하지 않도록 함께 설득해 달라고 요청했다. 롤모델을 맡은 두 명은 다음 회의가 진행되는 동안 휴대전화를 보지 않았고 다른 참석자들에게도 휴대전화를 보지 말라며 압박을 가했다. 그러자 이내 모든 경영자들이 회의가 시작되면 휴대전화를 끄고 한쪽으로 치워두기 시작했다.

현재의 자아에서 미래의 자아로의 전환을 시도하라

직원들로 하여금 자신이 누구인지 생각하는 데서 그치지 않고 앞으로 어떤 사람이 되고 싶은지 생각하도록 만드는 것은 나쁜 패턴을 없애는 데 도움이 된다. 사람들은 현재의 자아에 정신이 팔려 있을 때 비윤리적으로 행동하는 경향이 있기 때문이다.

하지만 현재의 자신과 앞으로 되고 싶은 자신의 모습 사이에 어떤 관계가 있는지 관심을 기울이는 사람들은 좀 더 윤리적이고 건설적이며 장기적인 행동돈을 저축하는 행위 등을 하게 된다. 이때 부정적인 행동이 어떤 여파를 초래하는지 좀 더 생생하게 알려준다면 미래에 좀 더 많은 관심을 갖도록 유도하는 데 도움이 될 수 있다. 단기적인 행동이 장기적인 결과에 어떤 영향을 미칠지 가늠할 수 있기 때문이다.

영국의 대형 석유회사 BG 그룹이 인도에서 사용한 방법이 그렇다. 인도에서는 BG 그룹 직원들이 고객을 업신여기는 경우가 많았다. 일부 도시에서는 BG 그룹 외에 에너지를 공급하는 기업이 없었던 탓이다. 이에 관리자들은 기발한 아이디어를 생각해냈다. 역할극을 하는 자리를 마련해 소비자들에게는 무례한 일선 직원의 역할을 맡기고 직원들에게는 소비자의 역할을 맡긴 것이다. 이러한 역할극의 논지를 이해한 직원들은 이후 좀 더 책임감 있게 행동했다.

조직 내 '베스트 프랙티스'를 키우는 것은 많은 고위급 리더들이 직면하는 까다로운 도전 과제다. 이때 먼저 파괴적인 행동을 없애는 것이 큰 도움이 된다. 이런 장애물이 조직의 성과에 도움이 되는 사고방식과 충돌하는 경우라면 더욱 그렇다. 나쁜 행동이 만연한 탓에 좋은 행동이 설 자리를 잃는다면, 탁월성을 강화하기 위한 노력은 당신이 기대한 효과로 이어지지 않을 것이다.

피드백이
직무 만족도와
야망의 크기를 결정한다

성균관대학교 구민정 교수가 「DBR101호」에 게재한 내용에 의하면 직무 만족도가 높으면 도전하고자 하는 열망이 떨어진다고 한다. 기업들은 통상적으로 직원들이 직무에 만족할수록 더 높은 목표를 열망한다고 여겨왔다. 또 만족도와 열망이 클수록 성과도 더 좋을 것이라 가정해왔다. 정말 그럴까?

연구 결과 사람들은 이제까지 '이뤄온 일들'에 집중할수록 현재 단계에 만족하는 경향이 강해지는 것으로 나타났다. 반대로 아직 못한 '남은 일들'에 집중하면 더 높은 단계로 올라가려는 열망이 강해진다. 즉, 만족도와 열망은 서로 상충관계Trade-off에 있다는 결론이다.

한 한국 광고기획사 직원 70여 명신입사원, 입사 1년 차 미만 제외을 대상으로 '직무 만족도 설문 조사'를 실시했다. 집단을 둘로 나눠 한 그룹에게는 '그동안 직무와 관련해 성취해온 과업' 3가지를, 다른 그룹에게는 '해야 하지만 아직 하지 못한 남은 과업'을 3가지를 적도록 했다. 이후 모든 참가자들에게 현재 직무 만족도와 다음 단계로 가고자 하는 열망더 도전적인 프로젝트를 하고 싶다을 7점 척도로 표시하게 했다.

결과는 예상대로였다. 그동안 성취해온 과업을 적었던 집단의 현재 직무 만족도가 다른 집단에 비해 높게 나타났다. 반면 더 도전적인 단계로 전환하고자 하는 열망은 앞으로 남은 과업을 적은 참가자들이 더 높았다. 이 실험은 현재에 만족하는 사람과 더 높은 단계로 올라가고자 하는 사람의 차이가 단순히 개인 성향에서만 기인하는 것이 아님을 보여준다. 무작위로 선발한 두 집단 내의 유일한 차이점은 '현재 직무에 관해 성취해 온 일에 집중했는가?', 그렇지 않으면 '아직 남은 일들에 집중했는가?'의 시각 차이였다. 즉, 현재 성과에 대해 '어떠한 피드백feedback을 주느냐'가 동기의 근본적 차이를 만들어낸다고 볼 수 있다.

예를 들어 20kg 감량을 목표로 다이어트 프로그램에 등록한 사람이 현재까지 10kg을 감량했다고 하자. 프로그램 담당자는 이 사람에게 "지금까지 10kg이나 빼셨다니 대단하시다"라며 그가 이룬 '성취'를 강조할 수 있다. 혹은 반대로 "앞으로 10kg만 더 빼면 되신다"라며 '앞으로 이루어야 할 것'을 강조할 수도 있다. 두 가지 피드백에서 전달하는 정보 자체는 동일하나 다른 효과를 가져온다. 전자는 상대로 하여금 지금까지의 성취감을 더 크게 느끼도록 하고, 후자는 남은 행동에 집중하게 한다.

애플Apple의 공동 창업자 스티브 잡스Steve Jobs, 1955~2011와 스티브 워즈니악Steve Wozniak의 차이 역시 '피드백' 측면에서도 바라볼 수 있다.

'애플' 하면 많은 사람들이 자연스럽게 '잡스'를 떠올린다. 하지만 사실 애플의 시작점인 개인용 컴퓨터 개발을 담당했던 인물은 '워즈니악'이었다. 그는 잡스보다 뛰어난 엔지니어로 평가받았으며 새로운 기술에 대한 열정도 가득했다. 그러나 '열망하는 목표'가 잡스와는 분명히 달랐다. 스티브 잡스는 '더 높은 곳'에 오르고 싶다는 열망이 강했던 반면 워즈니악은 엔지니어의 자리에 만족했다.

둘의 차이점을 분석하는 사람들은 타고난 성향 차이 이외에도 어린 시절 경험, 그리고 부모님의 교육 방식을 지적하기도 한다. 워즈의 아버지는 워즈가 어릴 때부터 아들이 지나친 야망을 갖는 것을 경계토록 했는데, 바로 이 부분에서 훗날 워즈가 잡스와 다른 길을 걷게 된 근원적 이유가 있다는 것이다. 실제 지난 2010년 워즈는 애플 제품 출시 이벤트에 참석해 자신과 잡스의 차이점에 대해 이렇게 설명한 적이 있다.

"우리 아버지는 늘 제게 중용의 도를 지키라고 말씀하셨습니다. 그래서 저는 스티브와 달리 상류사회에 오르고 싶은 욕심도 없었지요. 제 꿈은 그저 아버지처럼 좋은 엔지니어가 되는 것이었습니다. (중략) 스티브처럼 거대 기업의 리더가 된다는 일은 제게는 상상도 못 할 일이었답니다."

스티브 잡스와 워즈, 두 사람 중 보다 성공한 삶을 산 사람은 누구였을까? 또 둘 중 더 행복하고 만족스러운 삶을 산 사람은 어느 쪽이었을까? 두 삶을 모두 누릴 수는 없다면 당신은 잡스처럼 살고 싶은가? 그렇지 않으면 워즈처럼 살고 싶은가?

삶을 살다 보면 행복이 중요할 때도 있고 더 큰 꿈을 향해 나아가는 것이 중요할 때도 있다. 하지만 이 두 가지를 동시에 가지려는 시도는 현실적이지도 효과적이지도 않다. 앞서 봤듯 둘은 본질적으로 상충관계이기 때문이다. 인생의 다양한 단계에서 자신의 성과에 대한 포커스를 어디에 맞춰야 하는지 잘 조절할 수 있다면 우리는 행복해야 할 때 행복하고, 더 높은 목표를 향해 도전해야 할 때는 도전할 수 있는 현명한 삶을 살 수 있다.

당신이 부하 직원을 관리하는 상사의 위치에 있다면 더욱 명심할 필요가 있다. 부하 직원이 처한 상황과 개인적인 성향을 잘 파악해두어야 한다. 부하 직원이 지금 포지션에서 행복한 것이 중요할 때인가, 그렇지 않으면 좀 더 도전적인 목표를 향해 노력하는 것이 중요한 때인가를 적절히 파악하고 성과에 대한 다른 피드백을 제시할 수 있어야 한다. 이에 성공한다면 당신은 유능한 관리자로 인정받을 수 있을 것이다.

PART 3

행동변화를 통한
성과창출

피드백에 관한
리더의 편견

피드백의 중요성을 모르는 리더는 거의 없다. 하지만 피드백을 활용하는 데 있어서 리더들은 다음과 같이 두 가지 편견을 가지고 있다.

첫 번째는 '피드백은 리더가 부하 직원에게만 하는 것이다'라는 편견이다.

리더들의 이러한 편견들과 달리 리더가 부하 직원에게 피드백을 주는 것만큼 리더가 부하 직원들로부터 피드백을 받는 것도 중요하다. 성숙한 리더의 역량 중 하나는 자신의 리더십이 부하 직원들에게 어떻게 인지되는지에 관심을 두고 지속적으로 피드백을 구하고 수용하는 능력이다. 말로는 쉬워 보이지만 이를 실천하기란 결코 쉽지 않다. 하버드 대학교에서 명강의로 유명한 로버트 스티븐 캐플런Robert Steven Kaplan이 자신의 저서 『사람을 이끄는 힘』에서 언급한 "피드백을 받지 못하면 부하 직원은 무능해지고, 리더는 독재자가 된다"라는 말의 의미를 되새겨 볼 필요가 있다.

『처음 리더가 된 당신에게』의 저자인 박태현 대표는 리더십 개발을 위해 가장 좋은 방법은 피드백을 듣는 것이라 강조하며 다음과 같이 구체적인 방법을 제안한다.

"직급이 올라가면 나에 대해 말해주는 사람이 없어요. 점점 나에 대해 알 방법이 없어지는 거죠. 저는 팀원들에게 피드백을 받아보라 말씀드립니다. 리더에 대해 가장 잘 아는 사람이 사실 팀원들이잖아요. 자주 일대일로 만나서 얘길 들어보세요."

갑자기 팀장이 "나에 대해 어떻게 생각해?"라고 묻는다면 어떤 팀원이 술술 얘길 꺼낼까? 박 대표는 피드백을 구할 때 세 가지 질문을 던져야 한다고 제안한다.

먼저 팀장으로서 무엇을 잘 하고 있는지 물어야 한다. 생각보다 중요한 질문이다. 더 나은 리더가 되기 위해 질문하지만 나쁜 얘기만 듣는다면 마음의 상처를 입을 수 있다. 팀원의 답변은 30초 이내에 나와야 한다. 너무 오래 걸리면 좀 더 깊이 자신을 돌아볼 필요가 있다.

다음으로 개선점에 대해 물어야 한다. 단번에 "팀장님은 이런 걸 고치셔야 해요"라고 답하는 팀원은 찾기 어려울 것이다. 그래도 지속적으로 물어야 한다. 여기서 가장 중요한 건 '리액션'이다. 누군가 용기 내 대답했을 때 "용기 내 얘기해 줘서 고맙다"라며 고마움을 표해야 한다. 그래야 다른 팀원이 얘기할 수 있다. 비록 속으론 '네가 한 번 해봐라. 그렇게 되나'란 생각이 들지라도 말이다.

마지막으로 헷갈리는 게 무엇인지 확인해야 한다. 일할 때 안갯속을 걷는 기분이라면 팀원은 잘못된 방향으로 갈까 두렵다. 업무 속도도 늦어질 수밖에 없다. 헷갈리는 걸 정리해 명확히 해주는 게 리더다.

두 번째 편견은 '부하 직원들은 상사의 피드백을 원하지 않는다' 이다.

많은 리더들이 부하 직원에게 부정적인 피드백을 제공해야 할 때 직원들과의 신뢰 관계에 방해가 될까 염려하여 피드백하기를 꺼리게 된다. 글로벌 인사 전문가인 조미진 씨는 『긴 세대 리더의 반란』이라는 자신의 저서를 통해 직원들은 자신이 무엇을 잘못하고 있고 더 잘할 수 있는지, 더 잘하려면 어떻게 해야 하는지를 늘 궁금해했다. 특히 요즘 젊은 세대는 어려서부터 잘하는 것과 잘못하는 것에 대한 구체적인 피드백을 받으며 자랐기 때문에 피드백 내용을 자신의 발전에 활용하는 능력이 이전 세대보다 오히려 낫다고 강조하고 있다.

기업 현장에서 피드백을 주고받는 일은 사람들을 관리하고 사람들 간에 상호작용하는 데 매우 중요한 부분이다. 피드백은 상하 관계나 직원들 사이뿐만 아니라 고객과의 관계에서도 이루어진다. 이러한 피드백은 행동과 프로세스 또는 결과에 대한 사람들의 반응으로 피드백을 제공받는 당사자가 이를 잘 수용하면 자기 인식 능력을 높여주고 긍정적인 변화를 촉진한다.

인간 행동을 연구하는 심리학자들은 피드백이 높은 수준의 수행을 지속시키기 위해 가장 필요한 것 중의 하나라는 사실을 오래전에 발견하였다. 리더인 당신이 보기에 직원들이 불만족스러운 수행을 하는 주요 원인은 그들이 하고 있는 일에 대해 주어지는 피드백이 부족하기 때문이다.

연구에 따르면 업무에서 수행이 이루어지지 않는 문제들 가운데 약 50%는 피드백의 부족 때문이라고 추정된다. 직원들은 자신들이 현재 하고 있는 일을 얼마나 잘하는지 혹은 못하는지를 알지 못한다. 만약 직원들이 현재 자신들이 수행하는 일을 잘하고 있다고 생각한다면 그들이 일하는 방식을 바꿀 이유가 전혀 없지 않은가.

직원들의 업무 방식 개선과 성과 향상을 위해서는 적절한 개입이 필요하다. 그 개입 방식 중 탁월한 한 가지가 바로 피드백이다. 따라서 리더라면 직원들의 업무 수행 방식을 지속적으로 관찰하고 적절한 피드백을 꾸준히 제공해야 한다.

불행하게도 가장 성과지향적이라고 할 수 있는 기업 내에서도 피드백은 말뿐이지 잘 이루어지지 않는 것이 현실이다. 그러나 탁월한 수행과 성과는 탁월한 직원들에게서 비롯되며 탁월한 직원을 만드는 데는 피드백만 한 것이 없다는 사실을 기억하자. 피드백은 회사를 살리는 힘이라는 것을 말이다.

리더가 지속적으로 조직을 발전시키려면 피드백을 효과적으로 활용해야 한다. 피드백이 효과적이려면 그것을 제공하는 사람뿐만 아니라 제공받는 사람에게도 적절한 기술이 필요하다. 한마디로 잘 주고 잘 받아야 한다.

리더가 '피드백은 리더가 부하 직원에게만 하는 것이다', '부하 직원들은 상사의 피드백을 원하지 않는다'라는 편견에서 벗어나고 구성원 모두가 적절한 피드백 기술을 습득할 때 건강하고 성숙한 조직문화가 정착될 것이다.

긍정적 강화와
부정적 강화

최고 역량을 끌어내는 조직을 만들기 위한 HR 담당자의 필독서라 할 수 있는『직무수행관리performance management: PM』의 관점은 행동을 관리하면 성과는 따라온다는 것이다.

이 책의 저자인 오브리 C. 다니엘스Aubrey C. Daniels는 심리학 박사인 동시에 Aubrey Daniels & Associates, Inc라는 컨설팅 회사의 대표다. 저자는 미국에 있는 수많은 조직을 대상으로 컨설턴트로 활약해 왔으며 그 명성은 이미 미국 내에 널리 알려져 있다.

여기서 저자는 최선을 이끌어 내는 작업장을 만들기 위해서는 과학적으로 타당한 방법을 체계적으로 적용해야 한다고 강조한다. 특히 강화, 핀 포인팅, 강화와 피드백 등 구체적인 방법을 제시하며 이러한 방법을 통하여 300~400% 생산성 향상을 이루어 내기란 어렵지 않은 일이라고 보았다. 실제로 많은 조직에 적용하여 성공적인 결과를 이끌어 냈다. 이 책에서 소개하고 있는 이러한 개념들에 대해 간단히 살펴보자.

강화

피드백은 목표 달성을 위해 새로운 행동을 조성하거나 특정 행동의 빈도를 변화시키는 행동으로 연결된다. 이러한 일련의 행동을 심리학자들은 '강화reinforcement'라고 하며 그 원인이 되는 행위나 사물을 '강화 요인'이라 한다. 따라서 피드백을 효과적으로 활용하려면 강화 이론에 대해 좀 더 자세히 이해할 필요가 있다. 만약 어떤 행동과 관련해 강화가 일어났다면 강화를 일으키게 한 요인이 무엇인지 알아야 한다.

여기서 강화 요인은 크게 두 가지로 구분할 수 있다. 첫 번째 강화 요인은 어떤 사람이 특정한 행동을 함으로써 어떤 사건이 발생되는 상황과 관련이 있다. 예를 들면 어떤 사람이 건설 현장에서 하루 동안 일하고 나서 일당을 받는 경우, 이 사람은 '하루 동안 일함으로써 행동 일당을 벌게 된 사건'이다.

여기서 사건은 두 가지 특성을 지닌다. 하나는 무엇인가 '없었던 것이 새로 생기는 것'이고, 다른 하나는 그것 일당을 또다시 얻기 위해 '같은 행동을 반복하는 것'이다. 이것을 '긍정적 강화positive reinforcement'라고 한다. 여기서 '긍정적'이라고 하는 것은 무엇인가가 더해진다는 것을 의미하고 '강화'라고 하는 것은 행동의 빈도가 증가된다는 것을 의미한다. 따라서 무엇인가가 더해지더라도 같은 행동이 또다시 발생하지 않는다면 그것은 강화라고 할 수 없다. 두 번째 강화 요인은 특정한 행동에 의해 이전의 혐오 자극이 없어지거나 감소하는 상황과 관련이 있다. 예를 들면 소음이 많은 작업장에서 어떤 작업자가 귀마개를 하면 혐오 소음이 없어지거나 줄어든다. 즉, 귀마개 착용 행동에 의해 혐오 자극이었던 소음 사건이 감소하는 것이다. 여기서 핵심은 귀마개 착용 행동에 의해 혐오 자극이 '없어진다는 것'과 작업자가 다음의 유사한 상황에서도 '귀마개 착용 행동을 반복하게 된다는 것'이다. 이러한 사건을 '부정적 강화negative reinforcement'라고 한다.

여기서 부정적이라고 하는 것은 무엇인가가 없어지거나 감소하는 것을 의미하는 용어다. 긍정적 강화와 마찬가지로 부정적 강화 또한 행동의 증가를 의미하는 것이기 때문에 반복적인 행동으로 이어질 때 강화라고 할 수 있다.

강화 요인

강화 요인은 앞서 설명한 대로 어떤 행동의 반복 가능성을 증가시키는 요인이다. 그리고 긍정적 강화 요인은 긍정적 결과로 인해 행동 발생 가능성을 증가시키는 요인이다. 반면에 부정적 강화 요인은 불쾌한 경험이나 상태로부터 회피하기 위해 행동 발생 가능성을 증가시키는 요인이다.

사람들은 비를 피하기 위해 우산을 쓰고 통증에서 벗어나기 위해 진통제를 먹는다. 그리고 지각하지 않기 위해 서둘러 회의 장소에 간다. 비, 통증, 지각에 대한 상사의 비난 등은 모두 부정적 강화 요인이다.

반면 뷔페식당에서 한 접시를 비운 후에 다시 가서 음식을 가져오는 행동은 긍정적 강화 요인에 의한 것이다. 우리는 긍정적 강화 요인을 얻고 부정적 강화 요인에서 벗어나기 위해 행동한다. 여기서 다소 헷갈릴 수 있는 개념이 바로 '긍정적'과 '부정적'이라는 용어다.

일반적으로 사용되는 의미와 달리 이때의 '긍정적 강화'는 좋은 것 '부정적 강화'는 나쁜 것을 의미하지 않는다. 긍정적 강화에서는 가치 있는 요인이 더해지고 부정적 강화에서는 혐오 요인이 제거되는 것을 뜻한다.

피드백에 있어서 강화는 매우 중요한 요인이다. 어떤 행동을 새롭게 조성하거나 증가시키기 위해 혹은 잘못된 행동을 소거하거나 감소시키기 위해 이 강화의 원리와 강화 요인을 적절히 사용할 때 피드백의 효과를 볼 수 있기 때문이다. 강화를 수반하지 않은 피드백은 효과성이 떨어지고 단순한 잔소리로 그칠 가능성이 높다.

핀 포인팅,
정확하고 구체적으로
표현하라

앞서 살펴본 강화 다음으로 사람들의 행동을 변화시키는 데 필요한 가장 중요한 스킬은 '핀 포인팅'이다. 관리자들이 피드백을 할 때 가장 중요하게 생각해야 할 것은 행동에 집중하는 것이다. 여기서 행동이란 측정 가능하고 결과와 연계성이 높은 단위 행동을 말한다. 이러한 행동을 '정확하고 구체적'으로 정의하는 것을 '핀 포인팅pin-pointing'이라고 한다. 즉, 관리자가 원하는 것을 정확하게 정의하고 구체적인 행동을 '콕' 찍어서 자세하게 표현하는 것이다.

불행히도 행동의 변화를 요구하는 많은 관리자들이 자신들은 정확하고 구체적으로 상대방의 행동 변화를 요구한다고 믿고 있다. 하지만 실제로 행동 변화의 대상이 되는 사람들은 행동을 어떻게 변화시켜야 할지 정확히 알지 못하는 경우가 허다하다.

예를 들면 관리자가 직원에게 "근무 태도를 바꾸어야 합니다"라고 말하는 것은 어디서나 쉽게 들을 수 있는데, 이런 말만 듣고 직원들이 근무 태도를 바꾸기란 사실상 쉽지 않다. 또는 "지금 하고 있는 일에 좀 더 집중하세요", "불량이 나지 않도록 하세요", "조심성 있게 작업하세요"와 같은 말들도 앞서 언급한 것과 비슷한 문제를 안고 있다. 이러한 표현들은 직원들이 행동을 구체적으로 어떻게 변화시켜야 하는지 전혀 감을 잡을 수 없게 한다.

관리자들이 직원들의 직무 수행에서 어떤 변화를 원한다면 그 성공의 열쇠는 관리자들이 원하는 것을 정확하게 정의하고 핀 포인팅하는 것으로부터 시작될 수 있다.

예를 들면 "어떻게 하든지 상관하지 않을 테니 일을 끝내!"와 같은 지시는 일을 끝내기 위해서 직원들이 어떠한 행동을 해야 하는지 알고 있다고 가정하고 내리는 지시인데 이는 올바른 지시라고 할 수 없다. 심지어는 "일을 어떻게 끝내야 하는지 내가 말해 주어야 할 것 같으면 직원들에게 월급을 주면서 일을 시킬 이유가 없지"와 같이 말하는 관리자들도 있다.

안타깝게도 실패한 조직에 관한 문헌들을 살펴보면 이러한 유형의 지시가 조직 내에 만연해 있다는 것을 알 수 있다. 최악의 관리 방식 중 하나가 사장이 직원들에게 업무 수행을 지시하면서 어느 수준까지 원하는지에 대해서는 단지 "나중에 내가 보면 알아"라고 말하는 식이다.

"근무 태도를 바꾸세요."

"열심히 하세요."

"책임감을 가지세요."

"업무에 집중하세요."

"주인 의식을 가지세요."

이러한 말들은 회사에서 흔히 듣는 것이지만 공사 현장의 '안전제일'이라는 표어처럼 공염불에 그치기 십상이다. 현장에서 리더십을 발휘하고 행동의 변화를 일으키기 위해서는 매우 구체적이고 정확하게 표현해야 한다. 그렇다면 어떻게 표현해야 두루뭉술한 표현이 아니라 핀 포인팅이 가능할까? 먼저 핀 포인팅의 조건은 다음과 같다.

- 핀 포인팅은 측정 가능해야 한다. 예를 들면 임원을 만난 횟수, 콜수, 설문 건수, 제안 건수 등 누구나 관찰 가능하고 측정 가능한 것이어야 한다.
- 핀 포인팅은 신뢰도가 있어야 한다. 둘 이상의 독립된 관찰자가 측정 및 검증했을 때 신뢰도 있는 상관관계를 보여야 한다.
- 핀 포인팅은 통제 가능해야 한다. 즉, 대상의 행동을 핀 포인팅 해서 결과를 도출하도록 통제할 수 있어야 한다.

이 행동의 지표로서 KPI에 반영되도록 한다. 중요한 것은 결과의 KPI가 아니라 실행의 KPI가 필요하다는 것이다. 그것이 조직 내에 시스템화될 때 행동으로 이어질 수 있다.

리더들이 원하는 결과에 대해 정확하게 표현할 수 없다면 구성원들에게 그 수행에 대해 적절하게 강화해 주는 것이 어렵게 된다. 또한 핀 포인팅은 피드백을 전달하는 데도 필수적이다. 사람들은 자신들의 행동과 관련해 유용한 정보를 필요로 한다. 그것이 바로 피드백이다. 하지만 적절한 피드백은 사람들의 수행에 대해 정확히 핀 포인팅 할 때만 가능해진다.

핀 포인팅의 또 다른 역할은 잠재적인 의사소통 기능에 있다. 모호하고 일반적인 서술보다는 특정하고 구체적인 행동이나 결과로 서술된 목표나 문제들은 사람들로 하여금 이해력을 높이고 적절히 행동하게끔 이끈다.

『직무수행관리Performance Management』의 공동 저자 오브리 C. 대니얼스Aubrey C. Daniels와 제임스 E. 대니얼스James E. Daniels는 핀 포인팅이 충족시켜야 할 기준들을 나열한 체크리스트를 [표 3-1]과 같이 제시하였다. 이를 사용하여 강화시키려는 것이 핀 포인트 된 것인지 확인할 수 있다.

[표 3-1] 핀 포인트 체크리스트

다음의 각 질문에 '예' 혹은 '아니오'로 답하라. 만약 적절한 핀 포인트를 하고 있다면 3번부터 7번까지 모두 '예'라는 답이 되어야 한다. 하나의 질문이라도 '아니요'라고 응답했을 경우 핀 포인트를 수정해야 한다. 만약 핀 포인트를 수정할 수 없다면 멈추고 새로 시작해야 한다.

핀 포인트

이름:

	예	아니요
1 결과입니까?		
2 행동입니까?		
3 측정 가능합니까?		
4 관찰 가능합니까?		
5 두 명의 관찰자의 결과가 일치합니까?		
6 수행자가 통제 가능합니까?		
7 활동적인 수행자입니까?		
* 만약 행동 혹은 결과가 아나라면 핀보인트가 아닙니다.		

피드백은
코칭을 통해
완성된다

브루스 조이스Bruce Joyce와 비버리 샤워스Beverly Showers는 30년 동안 피드백이 어떻게 진척되는지를 연구했다. 그리고 한 연구에서 어떤 사람들이 지식을 실제 행동으로 바꾸고 어떤 사람들이 실패하는지를 확인했다.

피드백의 진척이 중요한 장소 중 하나로 학교의 교실을 꼽을 수 있다. 교실에서 교사의 효율성이 학생들에게 미치는 영향은 부정할 수 없다. 교사의 피드백 성패는 타고난 재능에 상당 부분 기인하지만 노력, 오랜 연습, 지속적인 교육의 효과도 무시할 수 없다. 조이스Joyce와 샤워스Showers는 정말 뛰어난 교사라도 지식을 무조건 행동으로 바꾸지는 못한다는 사실을 확인했다. 특히 학습이 수동적이고 이론적일 때 피드백을 통한 진척은 거의 이루어지지 않았다. 다음의 [표 3-2]를 확인해 보자.

[표 3-2]

구분	지식	기술	진척
이론	10%	5%	0%
설명	30%	20%	0%
실행	60%	60%	5%
코칭	95%	95%	95%

연구결과 교사가 직접적인 실행과 코칭을 통해 스스로 학습하도록 할 때 학생들의 학업은 크게 진척되는 모습을 보였다. 코칭은 학생들이 직접 문제를 확인하게 함으로써 성장하도록 돕는다. 피드백을 이용해 큰 목표를 잘게 나누는 방식으로 영향력을 발휘할 수 있다.

적극적으로 코칭을 하는 교사는 새로운 전략과 기술을 가지고 학생들에게 새로운 학습모델을 설명할 가능성이 크다. 그러면 학생들은 자신의 목적을 이해하고 언제 어떠한 기술을 사용해야 할지 분명히 이해하게 된다. 또 교사는 피드백의 진척을 위한 기술에 능숙해지면서 조금씩 앞으로 나아가게 된다.

조직 내에서도 비슷한 상상을 해볼 수 있다. 직원들이 피드백을 따르기를 바란다면 리더는 목적을 잃어서는 안 된다. 피드백이 진척을 보이기 위해서는 명확한 큰 목표를 세우고 지식을 행동으로 옮기기 위한 단계를 직접 만들 수도 있다. 예를 들면 영업 사원이 다음날 방문할 고객사에 대한 정보를 미리 확인하고 상담에 필요한 자료를 미리 챙길 수 있다. 파이프라인에 입력하게 하고 빠진 것이 없는지 리더가 미리 점검해 주는 것도 좋은 방법이다.

신입사원이라면 리더가 이런 행동을 유도하기 위해 더 많은 것들을 가르쳐야 한다. 이 과정에서 강력하게 의견을 피력하는 것도 가능하다. 이 과정에서 중요한 것은 목표 달성노 딜성 시점도 아니다. 중요한 것은 작은 번호를 쫓고 피드백을 받은 사람이 주도적으로 변화를 이끌도록 만드는 것이다.

사람들이 성과를 내지 못하는 이유는 피드백을 따를 생각이 없어서가 아니라 피드백을 진척시키는 능력이 부족하기 때문이다. 피드백은 피드백을 받은 사람이 변화를 이끌어야 한다. 또한 스스로 아이디어를 내도록 해야 피드백이 진전된다.

사람들에 따라서 코칭Coaching이라는 개념은 그 차이가 많다. 그러나 이 책에서 말하는 코칭은 리더와 구성원 상호 간의 신뢰와 존중을 바탕으로 제공하는 '배려와 공유caring sharing'의 피드백을 제공하는 행동을 의미한다. 코칭은 피드백을 제공받게 되는 직원들이 보다 나은 수행을 할 수 있도록 구체적인 정보를 제공하게 되며 관찰, 분석, 피드백의 세 단계를 거치게 된다.

관찰

피드백은 관찰에서 시작된다. 관찰 초기 단계에서는 행동을 관찰하거나 행동의 영향력을 파악하기 위해 행동에 의해 나타나게 되는 결과물에 대해 검토한다.

스포츠 선수와 같은 경우에는 경기 장면을 미리 녹화하여 다시 볼 수도 있다. 그러나 직장 내에서 이렇게 하는 것은 비현실적이기 때문에 평소 직원들이 하는 행동이나 말의 일부를 기록하는 것이 좋다. 기록된 내용이 축적되면 피드백 대상 직원에게 피드백을 하면서 언급할 수 있는 좋은 데이터베이스가 만들어진다.

분석

관찰을 토대로 구체적 행동과 그 행동이 일어나게 되는 맥락을 이해하고 분석한다. 다시 말해 왜 그런 행동이 일어나게 되었는지를 분석해야 한다. 어떤 선행 자극이 그 행동을 일어나게 했는지, 그리고 어떤 결과가 그 행동을 부추기고 있는지를 파악하는 것이 중요하다. 특히 피드백 대상자가 보여주고 있는 행동이 충분한 지지를 받고 있는지를 파악해야 한다.

피드백

이 단계에서 일대일의 양방향 피드백긍정적 피드백과 발전적 피드백이 모두 이루어지며 개인뿐 아니라 팀 단위로도 이루어진다.

코칭이 진행되는 동안 다음이 사항들은 반드시 기억해야 한다.

- 바람직한 수행이든 그렇지 못한 그렇지 못한 수행이든 구체적으로 파악되

어야 한다(이것은 코칭 하는 사람이 할 수도 있고 코칭 받는 사람이 할 수도 있다).

- 구체적인 관찰 내용에 대해 서로 공유한다.
- 코칭 대상자가 제대로 하고 있는 것과 그렇지 않은 것에 대해 명확하게 알 수 있도록 해야 한다.
- 코칭 대상자가 새롭고 바람직한 행동을 시도하고 그 행동을 유지시키려고 하는 노력을 할 때 수행자를 격려해야 한다.

실제 코칭 상황에서는 이 세 단계가 끊임없이 빠르게 반복된다. 피드백을 제공할 때 코칭을 받고 있는 대상자가 코칭을 하는 사람이 진정으로 돕고 있음을 알 수 있도록 해야 한다. 따라서 피드백을 줄 때나 말을 할 때 늘 진정성을 가지고 해야 한다.

좋은 직원을 보유하기가 쉽지 않은 오늘날의 현실 속에서 코칭은 직원들이 이직을 예방하는데 대단히 가치 있는 도구다. 사람들은 일하고 있는 조직 내에서 자신이 가치 있는 존재라고 느끼고 싶어 하고 무언가 변화를 만들어 내고 싶어 한다. 과거에 비하면 어떤 일을 하고 어디서 일할지에 대한 사람들의 선택의 폭이 넓다. 자신이 일하고 있는 회사의 성장과 발전이 보인다면 사람들은 그 속에서 계속 머무르려고 할 것이다.

피드백이 풍부하게 제공되는 회사는 사람들이 스스로 가치 있는 존재로 생각하게 되고 회사에 감사하는 마음을 갖는다. 사람들은 그런 회사에 남아 있기를 원하고 주도적으로 일한다. 피드백이 없거나 또는 일방적인 피드백만 주어지는 회사에서는 업무에 몰입하기보다는 근무 의욕이 저하되고 불평불만이 많으며 이직률 또한 높다. 좋은 기업 문화를 만들기 위해 피드백과 코칭이 효과적인 도구가 될 수 있는지를 알아보려면 다음의 세 가지 질문에 답해보면 된다.

> **첫째.** 직원들의 몰입도에 대한 설문조사 결과 피드백, 직원들의 의견수렴, 진로 개발 계획에 대한 토의 등의 항목에서 가장 낮은 점수가 나왔는가?
>
> **둘째.** 직원들이 "회사가 내게 무엇을 기대하고 있는지 잘 모르겠다" 혹은 "내 수행에 대해 어떻게 보고 있는지 모르겠다"라는 말을 자주 하는가?
>
> **셋째.** 상사들이 부하직원들의 수행에 대한 리뷰를 하지 않으려고 하는가?

이 세 가지 질문 중 하나라도 "예"라는 답이 나온다면 그 조직은 더 많은 피드백과 코칭이 필요하다.

피드백을
'최고의 투자'로
만드는 방법

스페인 마드리드에 있는 IE경영대학원 겸임교수이자 글로벌 제약사인 에브비Abbvie 마드리드 법인의 개발총괄 책임자인 세르게이 고르바토프Sergey Gorbatov와 시카고 일리노이주 애브비 본사 인사담당 상무인 안젤라 레인Angela Lane은 자신들의 연구 결과를 토대로 조직 관리에 있어서 피드백을 '최고의 투자'로 만들기 위해서는 다음과 같은 몇 가지 사항을 고려할 것을 강조한다.

피드백을 사업 전략 및 기업 철학과 연결하는 접근 방식을 개발하라

피드백을 전달할 때 현재 비즈니스 상황이 어떤지를 충분히 설명하고 개인이 가진 직무 목표가 기업 목표 및 전략과 어떻게 연결되는지를 밝혀라. 부하 직원에게 주려는 피드백 내용이 회사 비즈니스에 왜 중요한지 그 이유를 설명하라. 너무 많은 정보는 직원들에게 부담을 줄 수 있다는 일반적인 견해와는 달리 피드백을 줄 때 비즈니스 상황을 다방면에 걸쳐 포괄적으로 설명하고 그에 따라 무엇이 중요한지 명확한 메시지를 전달하면 직원의 업무 성과에 긍정적인 효과를 줄 수 있다.

피드백 시스템은 첫 번째로 성과 목표에, 두 번째로 개인의 발전에 초점을 맞춰야 한다

피드백의 초점을 성과 목표에 맞추면 개인의 발전을 강조할 때보다 더 빠르고 더 적극적인 변화를 이끌 수 있다. 성과를 부각하면 피드백의 초점을 개인에서 직무로 옮길 수 있으므로 상대가 부정적인 반응을 보일 가능성도 줄어든다. 실제로 UCLA에서 수행한 실험 결과를 보면 피드백 정보가 자아ego와 관련돼 있을 때 개인의 자기 인식에 직접적으로 영향을 줄 때 잘못 해석될 가능성이 커진다.

하지만 이런 경우에도 성과 목표의 골격에 따라 큰 차이가 나타난다. 관리자의 주요 목표가 직원의 업무 실적을 높이는 것이라면 피드백을 줄 때 기대하는 변화를 언급하거나 직원으로 하여금 학습 목표를 생각하게 만들면 효과를 극대화할 수 있다. 이를테면 "맞습니다. 전 반응형 웹페이지를 어떻게 디자인하는지 정말 알고 싶거든요"라는 식의 반응이 나오게 하는 것이다.

피드백에 대한 직원들의 만족도는 성과에 강력하고 부가적인 영향력을 발휘하기 때문에 선순환을 창출한다. 직원 스스로 가치 있고 자신의 발전을 돕는 피드백이라고 인식하면 성과에 영향을 미치는 아래와 같은 다른 요인들도 함께 작동하기 시작한다.

- 유용성 : "피드백이 직무 목표를 달성하는 데 도움을 줄 것이다."
- 책임감 : "주어진 임무를 잘 수행해야 한다."
- 자기 효능감 : "나는 그 임무를 수행할 수 있다."
- 사회적 인식 : "나는 내 일에 대한 타인들의 의견을 진지하게 받아들인다."

리더들이 무엇에 어떻게 집중해야 할지 확실히 알게 하라

업무 성과를 높이는 방법에 대해 어떤 피드백을 주느냐에 따라 결과가 바뀔 수 있다. 업무 성과를 내는 데 직원의 행동이 어떤 식으로 도움이 되거나 해가 되는지를 피드백으로 알려주면 향후 그들의 성공 가능성을 높일 수 있다. 관리자들은 생산적인 행동뿐 아니라 문제가 되는 행동들에 대해서도 지침을 줘야 한다.

성공을 저해하는 '탈선 행위'의 특징은 대부분 자신의 탈선 행위를 인식하지 못하거나 외부 도움 없이는 제어할 수 없다는 점이다. 조직은 개인의 한계를 너그럽게 이해하지 않으므로 개인의 장점에만 집중하면 경력에 해가 될 수 있다.

즉, 관리자가 부하직원의 부족한 점들을 피드백에서 언급하지 않는 것은 옳지 않다. 자신이 행하는 비생산적인 행위들이 무엇인지 직원 스스로 인식하도록 피드백을 주면 직장 분위기가 개선되고 업무 만족도도 높아지면서 조직의 발전에 더 크게 기여할 수 있다.

피드백은 구체적이면서 일반적이어야 한다

한 연구에서는 학생들을 두 그룹으로 나눠 컴퓨터 시뮬레이션에 참여하게 했다. 그중 한 그룹의 학생들에게는 일반적인 피드백을 줬다. 다른그룹에는 좀 더 구체적인 피드백을 줬다. 구체적인 피드백을 받은 그룹이 임무는 더 잘 수행했지만 일반적인 피드백을 받은 그룹은 시뮬레이션 이후에 더 뛰어난 능력을 발휘했다. 구체성은 임무 수행 능력을 높이지만 포괄적인 지침은 반성과 학습을 촉진한다.

분명한 것은 조직과 직원 모두 이 두 요소를 결합했을 때 가장 큰 혜택을 얻을 수 있다는 점이다. 구체성을 위해서는 개선이 필요한 행동을 정확히 지적하라. 이때 가능하면 최근에 일어난 사실이나 구체적인 상황을 연결하고 고객이나 동료의 피드백을 활용하면 좋다. 피드백에 좀 더 일반적인 요소를 가미하려면 개방형 질문을 하라.

가령 "자네의 행동 중 어떤 점을 바꿔야 업무 성과에 가장 큰 변화가 일어날 것 같나?"처럼 말이다. 아니면 개인의 성과를 회사 전략과 연결하거나 회사나 업계에서 최고로 평가되는 사람의 업적과 비교하도록 자극하라.

구조, 일관성, 빈도, 신속성을 목표로 삼아라

직원들의 업무 수행 방식과 관련된 모든 것들을 피드백으로 주면 혼란과 스트레스를 유발할 뿐이다. 구조적이면서 초점을 맞춘 피드백이 좋다. 또한 피드백 사이에 일관성이 있으면 메시지가 강화된다. 동일한 메시지가 일관적으로 자주 다양한 방식으로 전달되면 행동을 바꾸는 견고한 토대가 된다.

앞서 언급했던 것처럼 피드백을 너무 자주 주면 학습과 업무 개선 효과가 오히려 떨어질 수도 있다. 그렇다 하더라도 자주 그리고 개선이 필요한 즉시 피드백을 주는 것이 더 바람직하다.

맥락과 관점을 추가하라

관리자들은 성과를 평가할 때 조직 내부는 물론 외부까지 다양한 소스의 정보를 고려해야 한다. 또한 조직 환경의 복잡성, 상황적 어려움, 직원들이 개인의 목표를 달성하는 데 따르는 조직의 지원도 고려해야 한다. 이 모든 요소를 '피드백 수정 인자feedback modifiers'라 부른다. 이런 요소들은 직원들이 피드백 제공자의 신뢰성과 피드백의 정확성을 어떻게 여기는지에 중요한 작용을 한다.

'소음'을 제거하라

보통 관리자들의 평가는 개인의 자체 평가보다 더 정확하다. 그러나 관리자에게 부여되는 직원 관리에 대한 재량권은 부정적인 결과를 초래할 수도 있다. 무의식적인 편견이나 조직 내 정치처럼 고약한 요소들 때문이다. 이런 소음 요인들은 공정하고 일관적이며 유용한 피드백을 주는 데 방해가 된다.

『리더십 머신The Leadership Machine』의 저자인 롬바르도Lombardo와 아이힝어Eichinger는 "직원들에게 발전적 피드백을 아예 주지 않거나 강점에 대한 피드백만 주는 것은 경영진이나 관리자의 자리에 시한폭탄을 떨어뜨리는 것과 같다"라 말했다.

피드백과 직무 평가에서 조직의 특수한 니즈에 적합한 견고하고 포괄적인 접근 방식을 정착시키는 과제는 HR이 담당해야 할 중요한 임무다. 그런 접근 방식이 관리자에게는 회사의 성과를 실제로 개선할 수 있는 도구가 되고 직원들에게는 개인의 성장과 커리어를 향상시키는 길이 될 것이다.

Feedback Lessons

PART 4

피드 포워드
Feed forward

피드백보다 피드 포워드가 먼저다

피드 포워드Feed Forward는 리더들이 구성원들에게 기대하는 바람직한 방향이나 행동에 대한 커뮤니케이션이다. 리더는 이를 통해 조직을 원하는 방향으로 집중하게 하며 동기를 유발시킨다. 따라서 피드 포워드 한다는 것은 마치 퍼즐의 완성된 모습을 함께 바라보는 것과 같다. 즉, 리더 입장에서는 구성원들에게 미래에 대한 청사진을 보여주고 그 청사진을 위해 어떤 것들을 해야 하는지 알려준다. 따라서 피드 포워드가 명확해야 피드백이 의미가 있다.

피드백과 관련하여 최근에 이슈가 되고 있는 용어가 바로 '피드 포워드'이다. 아마 대부분의 독자들이 피드백이란 용어에는 익숙하지만 피드 포워드라는 용어는 다소 생소할 것이다. 컴퓨터공학에서는 '앞으로의 징후를 계산에 의해 예측하고 그 정보에 기준해 제어를 행하는 방식'으로 정의한다. 관리 기법으로서의 피드 포워드는 '목표 달성을 위한 명확한 방향과 정보를 모든 구성원들에게 사전에 제시함으로써 동기를 유발하는 관리 방법'으로 정의된다. 즉, 피드백은 주로 문제 발생 후 교정 혹은 개선을 위한 것인데 반해 피드 포워드는 발생 가능한 문제의 사전 예방에 초점을 맞추고 있다. 피드 포워드의 중요성을 강조하는 사람들은 공통적으로 피드백의 다음과 같은 단점을 지적한다.

첫째, 피드백은 이미 일어난 일에 초점을 맞추고 있다는 것이다. 상황이 발생한 문제가 터진 후에 이뤄진다는 것이다. 바꿀 수 있는 것은 과거가 아니라 미래라는 것이다.

둘째, 피드백은 실패의 감정을 강조하는 반면 피드 포워드는 목표 달성을 위해 잘할 수 있는 방법에 초점을 맞춤으로 인해 변화의 가능성을 강조한다는 것이다. 문제점보다는 잘할 수 있는 방법에 초점을 맞추기 때문에 거의 항상 긍정적인 모습을 띠게 된다는 것이다.

이와 같은 생각은 피드백에 대한 정의 자체를 매우 제한적으로 정의한 사람들의 주장이다. 이미 교육학, 심리학, 경영학 분야에서 '피드백'이라는 변수의 정의는 과거에 발생한 일에 대해 초점을 맞추는 것을 넘어 미래에 바람직한 행동까지도 제시해 주는 것을 포함하고 있다. 코칭 스킬을 훈련하는 대부분의 프로그램에서도 피드백은 일부의 주장처럼 꼭 부정적이거나 과거 지향적이지는 않다. 긍정적 피드백은 'AAA 피드백' Act일어난 행동, Actor행위자, Appreciate감사 표시, 발전적 피드백은 'AID 피드백' Act일어난 행동, Impact행동이 미치는 영향, Desire

Outcome미래의 바람직한 행동이 구체적인 피드백 방법으로 오래전부터 제시되고 있다. 따라서 피드 포워드는 피드백의 단점을 보완하기 위한 방법이 아니라 바람직한 피드백을 위한 선행조건이다.

최근 조 허시joe Hirsch는 자신의 저서에서 코치인 마샬 골드 스미스가 창안했다고 하는 '피드 포워드Feed Forward'의 개념을 빌어 바꿀 수 없는 과거보다는 바꿀 수 있는 미래에 집중할 때 최선의 성과를 도출할 수 있다고 강조하고 있다. 이 주장에 전적으로 동의한다. 하지만 일반적인 피드백의 개념은 그들이 주장하는 피드 포워드의 개념을 이미 포함하고 있다. 과거형이든 미래형이든 피드백은 단지 피드백이다. 전문가들마다 개념 정의에는 차이가 있을 수 있으니 필자의 이러한 생각을 독자들께서 이해해 주시리라 믿는다.

회사가 구성원들에게 기대하는 것은 단순히 매출 목표와 같은 성과만이 아니다. 영업부문만 하더라도 매출 목표에서부터 고객 방문 시 복장, 고객을 대하는 태도, 심지어는 정해진 영업 방식을 충실하게 따라줄 것을 기대하거나 하루에 몇 회 이상의 고객 방문을 해야 한다는 등 다양하다.

그러나 모든 기대가 똑같이 중요한 것은 아니다. 기대 사항들의 우선순위를 전달하고 경우에 따라서는 서로 상충되는 것처럼 보이는 온갖 목표들을 정리하는데 서투른 리더들도 있다. 필자는 가끔 구성원들로부터 그것이 정말 가능한 목표인지, 무엇이 우선인지에 대한 실질적인 고려 없이 목표를 설정한다는 불평을 많이 듣는다.

기대하는 바를 정확한 문장으로 표현하고, 다양한 목표들을 확실히 정리하는 일은 매우 중요하다. 기대를 피드 포워드한다는 것은 리더가 구성원에게 설명하거나 전달하는 것 이상의 활동을 의미한다. 커뮤니케이션은 우리가 말하는 것뿐 아니라 듣는 사람이 그것을 어떻게 인식하고 반응하는가와 관련이 있다. 많은 리더들이 커뮤니케이션과 말하기를 혼동한다. 말하기는 한 방향 의사소통이다. 따라서 말하기는 리더가 자신의 기대에 대하여 커뮤니케이션하고 구성원들이 전념하도록 하기에는 효율적인 방법은 아니다.

필자가 코칭 시 리더들에게 꼭 던지는 두 가지 질문이 있다.

"리더로서 구성원들에게 어떤 기대를 가지고 계십니까?"
"그 기대를 구성원들과 어떻게 커뮤니케이션하고 있습니까?"

이 질문에 선뜻 답하는 리더들이 의외로 적다. 거꾸로 구성원들에게도 다음과 같이 질문한다.

"당신의 리더가 당신에게 어떤 기대를 가지고 있습니까?"
"당신의 리더는 그 기대를 당신과 어떻게 커뮤니케이션하고 있습니까?"

이 질문 역시 선뜻 답하는 구성원들이 많지 않다. 그만큼 업무에 대한 기대가 명확히 정의되어 있고 서로 커뮤니케이션 되고 있지 않다는 뜻이다. 설사 정의되어 있다 하더라도 커뮤니케이션이 제대로 이루어지지 않는다.

Feedback Lessons

행동에 초점을 둘 때, 결과에 초점을 둘 때

구성원과 커뮤니케이션할 때 결과에만 초점을 맞추는 리더들이 많다. 목표 달성을 위해 구체적으로 무엇을 해야 하는지에 대해서는 구성원들에게 맡겨버린다. 이래서는 곤란하다. 능률도 오르지 않고 실적 달성도 가늠할 수가 없다. 무엇을 어떻게 해주었으면 좋겠는지 기대하는 바를 확실히 전달해야 한다. 특히 구성원의 행동에 초점을 맞추는 것이 중요하다.

앞에서도 말했지만 모든 결과는 행동의 산물이다. 따라서 행동 자체가 리더의 주요 관심사가 되어야 한다. 리더의 커뮤니케이션은 상황에 따라 중점을 달리할 줄도 알아야 한다. 행동에 중점을 두어야 하지만 결과에 중점을 두어야 할 때도 있다.

행동에 중점을 두어야 할 때

활동 수준과 최종 목표의 차이가 클 때

현재의 활동 수준으로 보아 목표를 달성하기가 어렵겠다고 판단되면 구성원들의 행동을 중심으로 커뮤니케이션이 이루어져야 한다. 특히 입사한 지 얼마 되지 않았거나 진행이 더딘 구성원의 경우에는 행동과 결과 간의 관계가 명확하지 않을 때가 있다. 별다른 노력을 하지 않았는데도 목표를 달성했거나 필요한 행동을 하지 않았는데도 아무 문제가 생기지 않을 수도 있다. 영업 활동을 하지 않고 주문을 얻어내는 경우가 있고, 안전 수칙을 따르지 않았는데도 사고가 일어나지 않는 경우가 있다.

이런 경우를 방치해서는 안 된다. 언제든지 부정적인 결과를 낳을 수 있기 때문이다. 이런 경우 리더가 개입하여 행동을 시정할 수 있도록 해야 한다. 이와는 달리 결과에 비추어 그 이상의 많은 행동을 할 때도 있다. 즉, 결과에 영향을 미치지 않는 필요 이상의 행동들을 하는 것이다. 고객이 불편해할 정도로 연락을 하거나 말을 많이 하는 경우가 그렇다. 이럴 때는 행동에 대한 일종의 가지치기가 필요하다.

알고 보면 결과를 얻는 데 기여하는 행동은 실제로 많지 않다. 결과의 대부분80%이 일부 요인20%에서 비롯된다는 '파레토 법칙 Pareto's Law'처럼, 성과의 80%가 20%의 행동에서 나온다고 볼 수도 있다. 구성원들이 가급적 실적에 중요한 영향을 미치는 행동을 중심으로 활동하도록 커뮤니케이션할 수 있어야 한다. 여기서 한 가지 유념할 점이 있다. 실적에 중요한 행동은 피드백이나 환기를 통해 지속적으로 강화해나가야 한다는 것이다. 기억력이 그렇듯이 행동도 시간이 지나면 사라지게 되기 때문이다.

커피전문점을 예로 들어보자. 고객이 커피를 주문할 때 바리스타가 "치즈케이크나 방금 나온 커피 번은 어떠세요?"라고 물었고 고객이 "네, 좋아요"라고 답했다. 그럴 경우 리더인 당신은 "잘했어"라고 말하며 주문 권유의 효과를 확인시켜주어야 한다. 고객이 "아뇨, 됐습니다"라고 말했다면 어떻게 해야 할까? 그래도 바리스타에게 주문 권유의 필요성을 이야기해 주어야 한다. "주문 권유를 많이 할수록 매출이 올라가는 거야. 설사 거절당한다 해도 계속 권유를 해야 해"라고 말이다.

리더의 커뮤니케이션은 항상 구성원에 대한 기대를 분명히 표현하는 것이어야 한다. 그렇지 않으면 구성원들은 치즈케이크나 머핀을 권하는 행동을 하지 않을 것이다.

결과가 많이 지연될 때

어떤 결과는 달성하는 데 오랜 시간을 필요로 한다. 예를 들어 설계 행동이 복잡한 기계나 부동산, 대형 컴퓨터 사업 등이 그렇다. 제품이나 서비스를 판매하는 데 몇 주 혹은 몇 달이 걸리기도 한다. 이런 비즈니스 상황에서는 동기부여를 위해 최대한 많은 양의 강화 커뮤니케이션을 해야 한다. 이때 긍정적 강화는 보상을 통해 바람직한 행동의 빈도를 증가시키고, 부정적 강화는 안 좋은 결과를 낳는 행동을 피하게 하여 결과적으로 바람직한 행동의 빈도를 높인다.

리더들은 이와 같은 커뮤니케이션을 통해 결과가 나올 때까지 기다리지 말고 수행 행동을 검토하여 필요한 행동을 이끌어야 한다.

민감한 행동을 보일 때

구성원이 부적절한 옷차림, 수다, 잘못된 화법, 지저분하게 먹는 습관, 몸에서 나는 악취나 입 냄새 등과 같은 문제적 행동을 보일 경우 성과에 부정적 영향을 미칠 수 있다. 하지만 민감한 사안이기도 해서 피드백을 하기가 쉽지 않다. 그래도 리더는 이에 대해 커뮤니케이션할 책임이 있다. 어렵더라도 일단 커뮤니케이션을 하고 나면 문제가 되는 행동을 쉽게 고칠 수 있다.

결과에 중점을 두어야 할 때

리더는 기본적으로 행동에 중점을 둔 커뮤니케이션에 치중해야 하지만 때로는 결과 중심으로 커뮤니케이션하는 것이 더 효율적일 때가 있다. 행동을 관찰하지 않고도 괜찮은 결과를 예상할 수 있는 다음과 같은 상황이라면 얼마든지 가능하다.

구성원이 숙련되어 있어서 자신의 행동이 어떤 결과를 낳는지 잘 알고 있다면 결과에 중점을 두고 커뮤니케이션해도 된다. 프로 골퍼들은 자신의 드라이브가 페어웨이를 벗어날 때 무엇을 잘못했는지, 같은 잘못을 되풀이하지 않으려면 어떻게 해야 하는지 알고 있다. 굳이 충고할 필요가 없다. 경험이 풍부한 베테랑 구성원들도 다르지 않다. 그들은 원하는 결과를 얻기 위해 필요한 모든 행동을 알고 있다. 행동보다는 결과에 관한 피드백이나 인정이 훨씬 효과적이다.

결과가 좋아지고 있을 때

결과가 좋아지고 있다는 것은 구성원들이 행동을 제대로 하고 있다는 뜻이다. 이럴 때는 결과 중심의 커뮤니케이션을 하면 된다. 물론 그 결과가 제대로 된 행동에서 나온 것이라는 확신이 있어야 하고, 그 행동이 높은 수준에서 안정적으로 유지되어야 한다. 이 두 조건이 충족되면 결과에 대한 피드백이나 인정 중심의 커뮤니케이션을 통해 효율성을 높일 수 있다.

피드 포워드,
기대는 구체적으로
비전은 명확하게

리더는 자신과 조직이 바라는 목표들에 대해서 구성원들과 커뮤니케이션한다. 경영진의 니즈를 파악하고 정리하여 구성원들과 개별적으로든 팀 단위로든 목표 달성 방법들을 함께 검토하여야 한다. 또한 구성원들이 목표에 집중할 수 있도록 그들의 생각과 의견을 경청하고 지지하며 수시로 소통해야 한다. 이것이 '피드 포워드Feed Forward'이다.

구성원에 대한 기대를 피드 포워드하는 것은 한 번의 면담이나 회의로 끝나는 것이 아니다. 그것은 지속적인 사후 관리가 필요한 항상 진행 중인 행동이다. 유능한 리더들은 다음과 같이 사후 관리를 한다.

• 구성원에게 기대하는 바를 점검, 관찰하고 평가함으로써 구성원들이 리더의 기대에 대해 책임감을 가질 수 있도록 상기시키며 지속적으로 정보를 제

공하고 경청하면서 함께 한다.

• 피드백을 하되 비난은 하지 않는다.

일단 하나의 목표를 달성하고 나면 팀의 성공을 축하하고 목표를 달성한 구성원들을 공개적으로 칭찬해 줘야 한다. 축하와 칭찬은 사람들에게 힘을 불어넣어 주고 미래의 새로운 활동에 대해 정신적으로 준비시켜 준다. 물론 하나의 목표 달성은 끝이 아니다. 리더와 팀원들은 목표 달성 후에 새로운 계획 수립과 업무 실행 행동에 대해 재검토해야 한다. 리더는 자신과 팀원들에게 다음과 같이 질문을 던지고 그 답변들을 정리해 놓는다.

"어떤 것이 효과가 있었고, 어떤 것이 없었나?"

"목표 달성으로 우리가 기대했던 이익이 발생했는가?"

"만약 이 일을 다시 한다면 어느 부분을 다르게 할 것인가?"

"일을 더 잘할 수 있도록 팀에 충분한 자원과 권한이 주어졌는가?"

"향후 더 큰 목표를 달성하기 위해 추가해야 할 것들은 어떤 것들이 있는가?"

사후 관리로부터 얻는 교훈은 매우 소중하다. 리더와 팀원들은 그 교훈들에 대해 충분히 공유하고 자기 것으로 만들어야 한다. 만약 이전의 목표가 너무 쉽게 달성되었다면 앞으로의 목표는 조금 더 높게 잡는 것이 바람직하다. 반대로 목표를 달성하는데 지나치게 무리를 했다면 새로운 목표는 좀 더 낮게 정하는 것이 좋다. 목표를 달성하는 행동에서 특정 기술에 대해 부족함을 느꼈다면 그 기술을 익히는 것을 향후 목표로 정해야 한다. 목표가 비현실적이었다면 새로운 목표는 팀의 현실과 시간적인 제약을 잘 반영하여 설정하도록 해야 한다. 이것이 목표 달성을 통해 높은 성과에 다가가는 방법이다.

기대를 피드 포워드Feed Forward하는 것은 구성원에게 현재의 위치, 가고 있는 방향 그리고 목표에 도달하는 방법을 알게 해 준다.

구성원에 대한 기대를 명확하게 정의하고 피드 포워드하는 행동이 없다면 구성원들은 방향을 잡지 못하고 동기 부여되지도 않으며 부정적이 될 수 있다. 기대를 피드 포워드하는 것은 리더와 구성원 모두에게 우리의 업무가 무엇이며 그것을 어떻게 하기를 기대하고 있는지, 왜 그것을 하는 것이 중요한지 그리고 그 기대들을 충족시키기 위하여 어떤 일들을 해야 하는지를 명확하게 해 준다. 유능한 리더가 하는 가장 중요한 일들 중의 하나가 바로 이것이다.

리더의 기대는 구성원의 비전이 될 수 있다. 전통적인 리더들은 단지 현상을 유지하는데 급급하지만 유능한 리더는 구성원들이 모든 의사결정과 행동을 비전에 맞추어 행동하도록 돕는다. 비전의 마력은 미래와 현재 사이의 갭을 인식시켜 줌으로써 목표에 다가가게 한다. 영업 조직의 변화 행동에서 비전은 다음과 같은 역할을 한다.

비전을 가진 구성원들은 비전에 따라 현재의 활동에 의미를 부여하고 현재의 활동을 미래의 비전과 관련지어 새로운 에너지를 창출한다

예를 들어 당장 눈앞의 과업에 매여 지루한 일상 속에 갇혀 있는 구성원이 있다고 가정해 보자. 단기적인 기대와 요구로 인해 근시안적인 안목으로 일상을 보내야 한다면 진정한 자기 가치를 실현하지 못할 것이다. 아마도 이러한 구성원의 일과는 시간이 갈수록 더더욱 고역이 되고 말 것이다. 그러나 가슴속에 매력적인 비전을 품고 있는 구성원이 있다면 반대로 현재의 일이 아무리 고되고 힘들다 할지라도 장차 가치 있고 중요한 일을 성취하는 것과 관련되어 있다는 것을 인식하게 될 것이다.

마감일에 대한 압박, 성과에 대한 압력, 즉각적인 문제 해결의 요구 속에서 대부분 구성원들은 근시안적인 일상에 갇혀있기 쉽다. 그러나 리더의 기대와 미래에 대한 자신의 꿈과 열망을 가진 구성원들은 일상에 의미를 부여한다. 이러한 경우 업무는 더 이상 단순한 과업이나 지루한 일상의 반복, 의무감을 넘어 보다 더 가치 있고 의미 있는 일로 전환된다.

비전은 구성원들의 몰입을 이끌고 동기를 부여하는 역할을 한다

사람들은 자신의 일에 열정을 가지고 싶어 한다. 강력한 비전은 최선의 노력을 통해 새롭게 도전하게 함으로써 열정과 에너지를 끌어낸다. 리더십의 비밀은 이러한 비전의 힘을 어떻게 활용하는가와 관계가 있다. 사람들은 자신이 진심으로 흥미 있다고 생각하는 일에 시간과 에너지를 집중한다.

비전은 일의 의미를 부여하며 사람들은 자신의 일 속에 숨겨진 의미를 발견하고 자부심을 느끼고 싶어 한다

반복적인 일을 수행하는 사람들조차 자신의 일 속에 보다 더 큰 가치와 목적이 있다는 것을 발견한다면 자긍심을 느끼는 것은 당연한 일일 것이다. 훌륭한 비전은 사람들이 하고 있는 일상의 일을 새롭게 규정하고 가치를 부여한다.

비전은 성과 수준을 결정한다

성취 욕구가 높은 구성원은 자신이 한 일이 제대로 수행되었는가를 알고 싶어 한다. 비전은 바로 구성원들의 행위에 초점을 제공하고 미래의 모습에 대해 선명한 그림을 제공함으로써 자신들이 무엇을 어떻게 해야 하는지를 설명해 준다. 예를 들어 구성원은 고객 서비스에 있어서 최고가 되어야 한다는 비전으로 인해 전에 하지 않았던 방식을 사용함으로써 여기에 부합하고자 노력하게 된다.

좋은 비전은 구성원들의 마음을 움직이며, 자신들이 보다 더 큰 이상과 가치의 일부라는 사실을 일깨워준다. 고리타분한 재무적인 목표로 가득 찬 비전이 이 같은 힘을 발휘하지는 않는다. 따라서 리더는 진정으로 구성원들의 열망을 담아내는 비전을 창출하고 이들의 마음을 사로잡을 수 있어야 한다.

그렇다면 어떤 비전을 제시하는 것이 바람직한가? 여기에는 정답이 있는 것이 아니지만 몇 가지 중요한 요소를 살펴볼 필요가 있다. 먼저 리더는 비전을 만들고자 할 때 비전 안에 조직과 개인들이 원하는 미래에 대한 원대한 이상을 포함시켜야 한다. 비전이 미래에 대한 기대를 불러일으키면 구성원들은 진심으로 동기 부여될 수 있다.

다음으로 비전은 구성원들의 마음을 충분히 사로잡을 수 있어야 하며 각자에게 직접적인 의미를 제공할 수 있어야 한다. 다시 말해 리더 개인의 비전이 아니라 구성원 모두가 꿈꾸는 것이어야 한다. 구성원들의 관심과 욕구를 반영하는 진정성이 비전을 살아 꿈틀거리게 할 수 있다. 또 훌륭한 비전은 일상을 넘어 미래로 가는 중대한 변화를 촉진할 수 있어야 한다. 변화는 두려움이지만 이 변화의 두려움을 뚫고 갈 수 있는 것은 선명한 비전이 있기 때문이다. 기꺼이 모험과 위험을 감수하고 변화를 추구할 수 있는 비전이 만들어질 때 탁월한 성과를 기대할 수 있다.

비전의 마력은 구성원들의 숨겨진 재능과 잠재력을 이끌어 내어 미래를 향해 도전하게 만든다. 리더는 자신은 물론 조직을 구원할 수 있는 생생하고 거룩한 비전을 개발하고 이를 공유하는 일을 리더의 첫 번째 임무로 삼아야 한다. 특히 변화의 시기, 조직의 존재 이유, 사람들이 일에 참여하는 궁극적인 이유가 불명확하다면 사람들은 결국 혼돈에 빠지고 말 것이기 때문이다.

리더가 구성원들의 적극적인 참여와 몰입을 이끌어 낸다 할지라도 비전과 전략을 통해 구체적인 방향을 설정하는 일을 간과한다면 진정한 성취는 불가능하다. 리더는 조직의 미래를 위해 비전을 제시하고 이를 구성원들의 행동과 연계함으로써 조직의 에너지를 집중시켜야 한다.

많은 기업들은 회사의 비전을 밝히고 사무실 액자 속에 이 비전을 담아내고 있지만 정작 이것이 사람들의 마음속에 자리 잡고 있는지는 의심스럽다. 그런 비전은 단순한 환상이며 백일몽에 불과하다. 사람들은 이러한 리더의 행동에 대해 회의를 품고 점차 의욕을 잃게 되며 리더의 비전이 거짓이었음을 깨닫고 회사를 이탈하게 된다.

합리적인 목표를 설정하고 동기를 유발하라

목표란 '개인과 조직이 달성하고자 하는 미래의 결과'를 말한다. 개인의 목표를 예로 들면 "나는 3개월 안에 5kg의 체중을 줄일 것이다"와 같은 것이다. 목표 설정은 개인, 팀, 조직이 노력을 통해서 달성하고자 하는 결과가 무엇인지를 명확히 커뮤니케이션하는 행동이며 조직의 효율성과 효과성을 증진시키고자 하는 의도를 가지고 있다.

그러나 목표 설정은 그리 간단하고 쉬운 문제가 아니다. 그럼에도 불구하고 오늘날과 같이 매우 경쟁적인 시장 환경 하에서는 목표를 설정하고 달성하기 위한 노력이 필수적일 뿐 아니라 그럴만한 가치를 충분히 가지고 있다. 목표 설정이 중요한 이유는 다음과 같다.

• 목표 설정은 행동을 이끈다. 목표는 구체적인 방향을 향해 노력과 관심을 집중시킴으로 써 역할을 명확하게 해 줄 뿐 아니라 이를 통해 매일 일어나

는 의사결정의 불확실성을 줄여준다.

- 목표는 개인 팀, 조직이 도전할 과제와 그 성과를 측정하고 평가할 수 있는 지표를 제공한다.

- 목표는 다양한 업무의 성과와 그것을 추구하기 위한 자원의 사용을 정당화 시켜 준다.

- 목표는 조직 설계를 위한 밑그림을 제시해 준다. 즉, 목표는 부분적으로 의 사소통 양식, 권한 관계, 업무 조정 등이 어떻게 이루어져야 할지를 제시해 준다.

- 목표는 구성원들과 경영자들이 중요하다고 생각하는 것이 무엇인지를 나 타내 주며 계획과 통제를 위한 활동의 틀을 제공한다.

조직이 특정 목표를 성취하려고 노력하는 것처럼 개인들 역시 특 정 목표를 달성하기 위해 동기유발될 수 있다. 실제로 목표 설정은 조직 내에서 성과에 영향을 미칠 수 있는 매우 중요한 동기유발 수단 중의 하나이다. 목표를 가지고 있다는 것은 기대하는 성과가 무엇이 고 어느 정도의 수준인지를 명확히 해 주기 때문에 성과를 증진 시키 는 데 도움이 된다. 좋은 성과를 위해 동기유발하는 데에 있어서 목 표는 무엇보다 중요한 요소라 할 수 있다.

한 연구팀이 목표의 영향에 대하여 조사하는 프로젝트 진행하게 되었다. 이 연구팀은 1979년에 하버드 대학 MBA 졸업생들에게 다음 과 같은 질문을 하였다.

"당신의 미래를 위해 명확하게 문서로 작성한 목표를 가지고 있는 가? 그리고 그것들을 달성하기 위한 계획을 세웠는가?"

조사 결과 졸업생들 중 3%가 문서로 작성한 목표와 계획들을 가지고 있다는 것을 발견하였다. 13%가 목표를 가지고 있었지만 문서로 작성하지는 않았다. 그리고 84%는 즉시 학교를 졸업하는 것 외에는 특별히 별다른 목표가 없었다.

10년 후인 1989년에 연구원들은 그 당시 학생들을 다시 인터뷰하였다. 목표를 가지고 있었지만 문서로 작성하지 않았던 13%는 평균적으로 목표를 가지고 있지 않았던 84%의 두 배나 되는 수입을 올리고 있다는 것을 알게 되었다. 그러나 하버드를 떠날 때 명확하고 문서로 작성된 목표를 가지고 있었던 3%는 평균적으로 나머지 97% 전체가 버는 것의 10배의 수입을 올리고 있었다. 이 그룹들 사이의 유일한 차이점은 졸업할 때 가지고 있었던 목표의 명확성이었다. 명확한 목표가 성과에 영향을 준 것이다.

목표와
전략에 맞게
피드백하라

조직에서의 피드백은 그 목표와 행동을 조직의 전략과 연계하여 조직에 대한 이해를 바탕으로 해야 한다. 이는 피드백을 진행할 때 항상 염두에 두어야 하는 사항이다. 바로 이러한 이유로 관리자가 직원들에게 기대하는 바가 무엇인지 명확하게 규정하는 것이 중요하다. 기대가 명확하다면 평가 기준이나 그 기대치에 도달하는 지점도 분명해진다.

직원들에게 조직의 목표나 전략 그리고 이에 따른 기대를 개개인에게 전달할 때보다 명확하고 구체적으로 설명할 필요가 있다. 아주 간단해 보이는 몇 마디의 말도 직원들 각자에게는 각각 다른 의미로 이해될 수 있기 때문이다.

예를 들어 '고객 중심'이라는 말은 직원들 각자가 느끼는 기업 문화, 과거의 경험, 조직에서 담당하는 역할에 따라 다르게 생각한다.

같은 단어에 대해서도 해석하는 바가 각기 다른 것이다. 따라서 '고객 중심'이라는 말이 직원들에게 핵심 개념으로 전달되어야 하는 상황에서는 다음과 같이 명확하게 정의를 내려 줄 필요가 있다.

"고객 중심이란 고객의 요구에 민감하게 반응하는 일이며, 문제가 있으면 끝까지 해결하려는 태도이고, 고객에게 최선을 다해 헌신하려는 것이며, 일이 늦어질 경우 다른 대안을 제안해 주는 것이고, 고객의 기대를 넘어서는 서비스를 제공하기 위해 최선의 노력을 기울이는 것이며, 고객에 따라 스타일이나 접근 방법을 다양하게 하는 것입니다."

이렇게 명확하게 개념 설명이 이루어졌을 때 직원들은 관리자가 기대하는 바가 무엇인지 올바로 이해하게 된다. 피드백이 효과적이려면 의도적으로 꾸준히 이루어져야 한다. 관리자들은 매일매일 직원들에게 많은 피드백을 제공한다. 하지만 의도를 가지고 피드백을 하는 경우와 그렇지 않은 경우는 전혀 다른 문제다. 별도로 피드백을 준비할 시간이나 명확한 의도나 혹은 기술도 없이 직원들에게 피드백을 제공하고 있을 수도 있다. 하지만 그런 경우 정말 소통하고자 하는 것과는 전혀 다른 메시지가 전달되기 십상이다.

실무를 진행하는 데 있어서 피드백 기술은 반드시 필요하다. 그런데 이 기술은 저절로 습득되는 것이 아니다. 긍정적인 피드백을 제공하는 일조차도 잘되지 않는 경우가 허다하다. 어떤 관리자들은 직원이나 팀을 칭찬하는 일이 위선을 떠는 것이라고 생각하기도 한다. 또 어떤 관리자들은 긍정적인 피드백을 제공하려는 생각은 있지만 그 일을 우선적으로 하지는 않는다. 이유야 어찌 됐든 많은 조직 내에서 긍정적인 피드백을 찾아보기 힘든 것이 현실이다.

이처럼 효과적인 피드백 기술을 익히지 못한 관리자들에게 직접 피드백을 제공받은 경험이 있는 직원들은 대부분 부정적인 경험이거나 애매모호한 내용뿐이라든가, 속임수에 불과하다거나 비판하기 위한 것이라고 여기기도 한다. 직원들이 실제로 이렇게 느낀다면 피드백은 그야말로 전혀 실효성이 없는 뜬구름 잡는 이야기에 불과해진다.

직원들이 작은 성공을 거둘 때마다 관리자가 가장 먼저 이를 알아차리고 시기적절한 피드백을 지속적으로 제공해 줄 때 직원들의 역량과 수행은 물론 자신감도 향상되기 마련이다.

피드백을 통해 제공하는 정보는 미래의 행동에 영향을 미칠 수 있는 과거의 행동에 대한 것이다. 또한 과거의 행동을 통해 바람직한 결과에 영향을 줄 수 있는 미래의 행동에 대한 정보이다. 따라서 피드백이 성과로 연결되기 위해서는 피드백하기 전에 직원들에게 조직의 목표나 전략 그리고 이에 따른 기대를 개개인에게 피포워드Feed Forward 할 필요가 있다.

Feedback Lessons

PART 5

피드백의 힘

처방하기 전에
진단하라

운동 선수나 코치들은 왜 비디오를 분석하는가? 이는 자신들의 경기 모습을 제삼자의 입장에서 객관적으로 분석하기 위함이다. 의사가 환자에게 처방을 내리기 전에 현재의 상태를 신중하게 진단하는 것과 다르지 않다. 현재의 부족함을 보완하고 미래의 성과를 향상시키기 위해서는 반드시 자신이 어떤 상태인지를 알아야 한다. 당연한 이야기 같지만 그렇기 때문에 오히려 많은 사람들이 이에 대해 별로 의식하지 않는다. 문제는 여기서 비롯된다.

기업들은 성과 평가를 통해 직원들이 현재 무엇을 하고 있는지 알아내려고 한다. 그러나 많은 경우 이러한 시도는 의도한 결과를 얻지 못한다. 왜냐하면 잘못된 진단 및 평가 도구가 사용되거나 실제로 수행이 이루어지고 나서 한참 뒤에 평가가 진행되기 때문이다. 그리고 그 밖에 다른 원인들도 있다. 그렇다면 가장 효과적으로 성과를 평가하는 방법은 무엇일까? 그것은 다름 아닌 지속적인 논의와 분석을 기반으로 한 적시 적절한 피드백이다. 그러나 어떤 이유에서인지 기업의 경영자들은 이러한 시도를 단지 시간 낭비로 인식하는 경우가 많다. 그러다 보니 무슨 의식처럼 일 년에 한 번 정해진 기간에만 평가를 실시하는데 이런 식으로는 아무것도 얻어낼 수 없다.

혹시 "같은 행동을 반복하면서 다른 결과를 기대하는 것은 바보들이나 하는 것이다"라는 말을 들어 본 적이 있는가? 이 말은 지금과 다른 결과를 얻고자 한다면 기존에 하던 방식대로 해서는 안 된다는 의미다. 그러려면 먼저 지금이 어떤 상태인지 정확히 아는 것이 우선이다.

변화나 혁신과 관련된 책자들은 변화를 통해 성공으로 가는 노하우들로 가득 차 있지만 어디서부터 어떻게 변화를 시도해야 하는지는 친절하게 알려 주지 않는다. 성과 개선을 위한 행동 변화의 출발점은 지금까지 자신이 어떤 행동 패턴을 보여 왔는지 정확하게 파악하는 것이다. 지금까지의 행동 패턴에 대해 제대로 모르는 상태에서 무엇을 어떻게 해야 할지를 어떻게 알 수 있겠는가?

사실 우리를 지켜보던 주변 사람들은 우리의 행동에 대해 정확하게 파악하고 있는 반면, 정작 우리 자신은 스스로에 대해 잘 모르는 경우가 많다. 객관적으로 자기 자신을 분석하고 평가하기가 그만큼 어렵기 때문이다. 또한 자신의 행동이 어떠한 결과를 낳는지 아는 것은 쉽지 않다.

우리는 스스로에 대해 일종의 선입견을 가지고 있다. 행동 변화의 추구 역시 이러한 선입견을 바탕으로 이루어진다. 하지만 우리 자신이 현재의 행동을 정확하고 객관적으로 파악하는 것은 행동 변화에 관한 올바른 판단을 내리는 데 반드시 필요한 일이다. 그리고 우리의 행동 패턴을 비교적 정확하고 객관적으로 평가해 줄 수 있는 사람은 우리의 주변 사람들이다.

직업 능력의 행동 평가에 있어서는 '평판 조회'가 좋은 예라 할 수 있다. 평판 조회는 단순히 이력서의 내용을 검증하는 수준이 아니라 전 직장에서의 평판과 퇴직 사유, 리더십, 성품, 윤리성, 전문성 등 다양한 면면에서 평가가 이루어진다. 이는 그와 함께 일했던 사람들이 그의 주된 행동 방식과 업무 수행 능력 및 태도에 대해 총평하는 것을 전문 업체를 통해 살펴보는 것이다.

다음 시합을 앞둔 운동 선수가 가장 먼저 하는 일은 동영상에 녹화된 이전 시합 내용을 평가하고 그로부터 자신의 장단점을 분석하는 것이다. 단거리 육상 선수는 자신의 스타트 동작과 팔다리 동작을 관찰한 후에야 이전 기록을 경신하는 방법을 찾을 수 있고, 골프 선수는 자신의 스윙을 관찰한 후에야 승부를 위한 더 효과적인 방법을 모색할 수 있다. 이처럼 운동 선수가 이전 경기를 분석하는 이유는 그것이 객관적이고 직접적으로 자신의 행동을 관찰할 수 있는 방법이기 때문이다. 여기서 핵심은 단순히 이전 경기 장면을 보는 데 있지 않고 객관적이고 직접적으로 자신의 행동을 관찰하는 데 있다.

당신과 가장 가까이서 일하는 사람에게 당신이 이루어낸 성과에 가장 큰 영향력을 미친 행동이 무엇이라고 생각하는지 물어보라. 물론 이렇게 하는 것이 당신이나 동료 모두에게 어려운 일이라는 것은 알지만 그래도 당신 자신보다는 동료가 당신의 행동을 정확하게 파악하고 있을 가능성이 크다.

스스로 자신의 행동을 파악하는 것은 객관성이 떨어지는 데다가 매일매일 업무에 쫓기다 보면 자신의 행동을 돌아볼 수 있는 여유조차 생기지 않는다. 하지만 성과를 개선하기 위해서는 자신의 현재 행동에 대해 정확하게 파악해야 한다. 당신에 대한 제삼자의 평가는 당신이 알고 있던 것과는 전혀 다른 내용일 수도 있다.

'복기'라는 말을 아는가? 복기는 '두었던 바둑을 처음부터 다시 두는 것'을 뜻한다. 하지만 프로의 세계에서는 이렇게 한 수 한 수 다시 두는 일은 드물다고 한다. 두세 시간이 넘는 장고 바둑의 경우 피를 말리는 대국이 끝나면 승자나 패자 모두 쓰러질 지경이 되기 때문에 복기를 하는 것 자체가 너무 큰 부담이 되기 때문이다.

다음은 유일하게 국수國手라고 칭해지는 최고의 바둑 기사이자 세계 최다 승 1,938승, 세계 최다 우승 160회 기록 보유자인 이 시대 최고의 승부사 조훈현 씨가 자신의 저서인 『고수의 생각법』에 소개한 복기에 관한 일화다.

1950~1960년대 '면도날'이라는 별명으로 유명했던 사카타 에이오 坂田榮男 9단은 어느 대국에서 아깝게 패한 적이 있었다. 그때 상대방이 사정이 있어 복기를 못 하고 자리를 뜨자 그는 "자네가 기록을 했으니 함께 복기하세!"라고 말하며 애꿎은 기록원을 붙들고 밤새 패인을 분석했다고 한다.

1991년 동양증권배 결승에서 이창호를 만난 린하이펑林海峰 9단은 시종 우세한 경기를 펼치다 역전을 당하고 말았다. 하지만 그는 이미 도의 경지에 오른 고수였다. 눈앞에서 세계 챔피언을 놓쳤는데 억울한 표정 하나 없이 열일곱 먹은 소년을 붙들고 꽤 오랫동안 복기를 했다. 이날 이후로 이창호는 가장 존경하는 사람으로 린하이펑을 꼽았다.

조훈현 씨는 "승리한 대국의 복기는 이기는 습관을 만들어 주고, 패배한 대국의 복기는 이기는 준비를 만들어 준다"라고 말하며 비록 쓰라려도 자신의 실패를 직시하라고 조언한다. 이것이 고수들의 피드백 방법이다.

지금보다 성장한 미래를 원한다면 동료들에게 상사에게 선후배에게 자신에 대한 평가와 피드백을 요청해 보라. 그리고 그것이 비록 익숙하지 않더라도 기꺼이 받아들여라. 마치 고수들이 스스로를 낮추고 복기를 통해 자신을 돌아보듯 말이다. 그것이 당신을 성숙한 리더로 성장시켜 줄 것이다.

"아파도 뚫어지게 바라봐야 한다. 아니 아플수록 예민하게 들여다 봐야 한다. 실수는 우연이 아니다. 실수를 한다는 것은 내 안에 그런 어설픔과 미숙함이 존재하기 때문이다."

— 조훈현國手

피드백의
핵심 스킬,
관찰과 기록

2002년 FIFA 한일 월드컵 당시 우리나라 대표팀이 4강 신화를 이룰 수 있었던 것은 매 경기 최선을 다해 그라운드를 누비던 선수들과 경기를 진두지휘한 히딩크Guus Hiddink 감독 그리고 전국을 뜨겁게 달군 열두 번째 선수, 붉은 악마의 응원 때문만은 아니었다.

또 다른 숨은 공신들, 비디오 분석관 압신 고트비Afshin Ghotbi를 비롯한 각종 기술 분석관과 코치들이 있었기에 가능한 신화 창조였다. 당시 낯설게만 여겨졌던 비디오 분석관 압신 고트비로 인하여 대중들은 경기 중에는 물론 훈련 중에 선수 개개인에 대한 세심한 관찰을 통한 분석과 기록의 중요성을 알게 되었다.

역대 올림픽에서 매일 세계 신기록이 쏟아져 나올 수 있었던 것도 선수들의 경기 장면과 각종 기록, 전략 및 전술 등을 분석하는 스포츠 과학의 발달 덕이 컸다고 한다. 이처럼 스포츠 경기에서 과학적인 분석이 중요해지고 그 효과가 표면에 드러나면서 관련 전문 인력들의 수요도 증가하고 있다.

특히 비디오 분석의 경우 과거에는 감독이나 코치들이 전담했던 것과 달리 점차 전문 인력이 담당하는 추세다. 또 구기 종목에 집중되어 있던 비디오 분석이 이제는 개인 종목으로까지 확대되었고, 컴퓨터 기술의 접목으로 비디오 분석 시스템 수준도 크게 향상되어 앞으로 이들의 중요성은 더욱 커질 것으로 예상된다.

앞서 언급한 이 모든 것들이 관찰의 중요성을 방증해 주는 것이다. 감독이나 코치들은 경기가 끝나고 나면 전문가가 촬영하고 분석한 영상물을 통해 경기 중에는 미처 보지 못하고 깨닫지 못했던 것들을 다양한 시각에서 관찰하고 분석한다. 이 분석 자료들은 개별 또는 팀에 피드백 정보로 제공되고 다음 훈련 계획에 반영된다.

흔히 양궁을 '천 발의 열정, 한 발의 냉정!'으로 표현한다. 양궁선수들의 혹독한 훈련과 연습, 엄청난 압박감을 생각하면 공감이 가는 말이다. 30여 년간 양궁 국가대표 감독을 역임한 서거원 감독은 자신의 저서 『따뜻한 독종』에서 관찰의 중요성을 다음과 같이 이야기했다.

"한두 달 후, 선수들은 "저 감독님, 족집게 같다"라고들 입을 모은다. 사실은 본인들이 먼저 나에게 답을 보여주고, 나는 다만 그 선수들에게 맞는 정확한 방법을 콕 찍어 제시해 주기만 한 것인데도 말이다. (중략) 그 열쇠의 첫걸음은 내 경우엔 바로 침묵을 가장한 관찰이다."

— 서거원 『따뜻한 독종』

글쓰기 코치로 잘 알려져 있는 작가 송숙희 씨는 20년 넘게 미디어 현장을 누비며 몸소 경험한 사례와 연구 결과를 바탕으로 비즈니스 대가들의 창의력과 상상력의 원천이 '관찰'에 있다는 사실을 밝혀냈다. 그녀는 자신의 저서 『성공하는 사람들의 7가지 관찰 습관』을 통해 다음과 같이 밝히고 있다.

"창의적인 아이디어가 발현되는 과정에서 어떤 느낌이 번쩍하며 떠오르는 순간을 영감이라고 하는데 바로 그 느낌은 특정 자극을 통해 일어나며 이는 무엇인가를 관찰할 때 발생한다. 즉, 관찰은 위대한 창조적 영감이 떠오르는 출발점이요, 모든 기회와 창조물의 원동력이다."

— 송숙희 『성공하는 사람들의 7가지 관찰 습관』

시대를 주도한 비즈니스 대가들의 공통적인 습관은 관찰이었다. 본질을 제대로 들여다보는 능력이 탁월했던 스티브 잡스, 진득하게 지켜보기의 대가 워런 버핏, 보이는 것 너머까지 상상의 눈으로 바라봤던 레오나르도 다빈치 등 다양한 분야의 천재들 역시 그들만의 특별한 관찰 습관이 있었다. 같은 것을 보고도 차이를 만들어 내는 힘

즉, 시대를 주도한 비밀의 원천은 바로 관찰 습관이었던 것이다.

『탁월함에 이르는 노트의 비밀』의 저자 이재영 박사는 원자 공학으로 KIST에서 박사 학위를 받고 한동대에서 교수로 재직 중이다. 그는 '기억력도 별로 좋지 않고 의지력도 약한 사람들이 어떻게 평균 이상으로 살 수 있을까?'를 고민하다 보니 특정 분야에서 탁월한 업적을 달성한 사람들의 비결이 무엇인지 알고 싶어졌다고 한다. 이재영 교수가 다양한 연구를 통해 깨달은 탁월함에 이르는 비법은 바로, '자기노트와 자기 생각 기록하기'였다고 한다.

그는 책 말미에 다음과 같이 기록하고 있다.

"노트를 사라. 그리고 써라. 항상 들고 다녀라. 심심하면 열어 보고 떠오르는 순간의 생각을 기록하라. 한 권의 노트에서 하나의 결론을 뽑아내라. 몇 년을 지속하면 당신의 서가에는 당신의 주장이 가득 담긴 노트가 꽉 찰 것이다."

— 이재영 『탁월함에 이르는 노트의 비밀』

박태환 선수의 멘토라 할 수 있는 노민상 감독은 10년 이상 수천 장이 넘는 훈련 일지를 손수 작성하면서 그에게 자신의 꿈과 인생을 걸었다고 한다. 무소유 정신을 널리 알린 법정 스님께서도 살아생전에 엄청난 메모광으로 알려져 있다. 오죽하면 함께 수행하던 스님이 그 모습을 보고 '삼보일배'가 아니라 '삼보 일 메모'라고 했을까. 당신은 무엇을 관찰하고 기록하는가? 그것을 하는 데 하루에 얼마만큼의 시간을 보내는가?

"사랑하면 알게 되고 알게 되면 보이나니, 그때 보이는 것은 전과 같지 않더라."

이는 정조때 문인 유한준이 한 말을 유홍준 선생이 인용하면서 유명해진 말이다. 관찰은 관심에서 비롯된다. 그리고 관심은 사랑의 또 다른 표현이다. 결국 사랑하는 만큼 보이는 것이다.

이것은 어떠한 일을 할 때도 마찬가지다. 그 일에 관심과 애착이 많을수록 더 세심히 관찰하게 된다. 이때 관찰과 기록은 피드백의 핵심 요소이다. 상대방의 행동을 세심하게 관찰하고 기록하는 것에서부터 피드백은 시작된다. 관찰한 것이나 기록한 것이 없다면 무엇을 피드백하겠는가? 어쩌면 당신은 직원들의 실적이나 결과만을 가지고 피드백을 하는지도 모르겠다. 만약에 당신이 정말로 이렇게 하고 있다면, 당신은 평소 훈련장에는 나타나지도 않다가 경기장에서 승패만 가지고 선수들을 탓하는 감독과 다를 바가 없다.

탁월성의 비밀,
반복과 피드백

제프 콜빈Geff Colvin은 『재능은 어떻게 단련되는가?Talent is Overrated』를 통해 위대한 성과의 비결은 해당 분야의 '전문 지식'과 '반복적인 훈련' 즉, 신중하게 계획된 훈련Deliberate Practice이 있다고 주장한다.

탁월성에 대한 기존의 이론은 크게 두 가지 이슈로 나뉜다. 바로 재능 본성과 훈련 양육이다. 제프 콜빈은 그중 후천적 훈련의 중요성을 강조하였다. 그러나 제프 콜빈의 주장이 기존의 다른 주장들에 비해 더욱 설득력을 갖는 이유는 아무리 일정 시간 이상 반복해서 훈련한다고 해서 반드시 탁월한 성과를 얻는 것은 아니라고 주장하는 데 있다. 그의 주장은 말콤 글래드웰Malcolm Gladwell에 의해 잘 알려진 '1만 시간의 법칙'과 동일 선상에 있지만 근본적으로 다른 개념이다.

그는 앤더스 에릭슨Anders Ericsson의 '신중하게 계획된 훈련Deliberate

Practice'의 개념을 통해 이를 체계적으로 설명하고 있다. 신중하게 계획된 연습은 다음과 같은 특성에서 다른 이론들과 구분된다.

- 성과를 높이려는 목적으로 설계된다.
- 수없이 반복 가능하다.
- 끊임없는 피드백을 제공받는다.
- 정신적으로 상당히 힘들다.
- 재미는 별로 없다.

이 부분에 대해 좀 더 알고 싶다면 SBS 스페셜 '1만 시간의 법칙' 2014년 2월 16일 방송을 참고하는 것도 좋은 방법이다.

BBC 방송 스포츠 해설자였던 매슈 사이드Matthew Syed가 자신의 저서 『베스트 플레이어』에 소개했던 다음 사례는 이를 잘 설명해 주고 있다.

중국의 탁구 선수 출신 첸신화 코치는 수백 개의 공을 연속해서 받아치는 훈련을 통해서 내 속도와 움직임을 대폭 바꿔 놓았을 뿐 아니라 내 경력을 바꿔 놓을 또 다른 혁신을 제안했다. 내게 포핸드 슬라이스 기법을 변경하라고 한 것이다.

당시 내 타법은 상당히 유용했다. 공은 대개 탁구대보다 낮은 지점에서 높은 호를 그리며 날아갔다. 그러나 때로는 사이드 스핀으로도 날아갔다. 나는 그러한 변화가 자랑스러웠으며 창의력을 보여주는 측면이라고 여겼다. 그러나 첸 코치의 견해는 달랐다. 그는 어느 곳에서 날아오든 모든 공을 동일하게 칠 수 있는 타법을 훈련하라고 지시했다.

우리는 두 달 내내 한 가지 타법만 반복했다. 무릎을 80도로 구부리고, 네트와 완전히 동일한 높이로 선 자세에서 내 오른쪽 귀에서 시작해서 발목에서 몇 센티미터 위에서 끝나는 기다란 호를 그리도록 공을 쳤다. 철저하게 몸에 배어 편차 없이 칠 때까지 훈련했다. 녹초가 될 만큼 힘든 훈련이었고 시간이 흐르면서 과연 그렇게 피땀을 흘릴 만한 가치가 있을까 하는 의문이 들기 시작했다.

그러나 그 훈련 행동이 끝난 뒤 나는 적응의 힘을 이해했다. 중요한 점은 새 타법이 공을 치기에 낫다거나 효과적이라는 것이 아니라 피드백을 받기에 완벽한 조건을 제공했다는 점이다. 무슨 의미인지 이해가 되지 않는가? 내 타법이 불안정했던 상황을 생각해 보자. 내가 실수했을 때 무엇이 잘못되었는지를 판단하기란 사실상 불가능하다. 백스윙을 잘못한 것일까? 상대 선수의 스핀 때문이었나? 공의 높이가 원인일까? 내 타법은 칠 때부터 너무 달라서 어떤 스트로크가 빗나갔는지를 끄집어내기가 아주 곤란했다.

그러나 똑같이 반복할 수 있는 타법을 개발하자 실수를 할 때마다 잘못된 부분을 즉시 파악할 수 있었고 그 점을 개선해서 재조정하게 됐다. 몇 달이 지나자 포핸드가 일관적으로 변했으며 연달아 칠 수 있는 스트로크 수도 15개에서 200개로 증가했다. 이것은 피드백의 힘이다. 첸 코치는 다음과 같이 말했다.

"무엇을 잘못하고 있는지 모르면서 무엇을 제대로 하는지 결코 알 수 없다."

이처럼 어떤 분야에서 성장하기 위해서는 무엇이 잘못된 방향으로 가고 있는지 알아야 한다. 체스를 한번 살펴보자. 선수들은 말을 움직일 때마다 피드백을 받는다. 그러나 이는 즉각적이지도 분명하지도 않다. 선수들은 시합에 이길 때까지 계속해서 피드백을 받지만 다른 위치에 말을 놓았을 때 상대 선수가 어떻게 반응할지, 그 반응에 다시 어떻게 대응할지 확신할 수 없기에 특정한 수가 최적의 선택이었는지 판단하기가 무척 어렵다.

그렇다면 이와 같은 경우에는 어떻게 유용한 피드백을 얻을 수 있을까? 체스가 발전하던 초창기에 사람들은 체스에서 유용한 피드백을 얻는 간단한 방법을 알아냈다. 그것은 그랜드 마스터들이 펼친 역사적인 시합을 연구하는 것이었다. 즉, 그랜드 마스터가 했던 시합과 정확히 동일한 상황으로 체스판을 배치하고 말을 움직인 다음 자신이 놓은 수를 그랜드 마스터의 수와 비교해 보는 식이다.

이런 식의 피드백은 무척 효과적이다. 의욕이 넘치는 사람은 여러 방법으로 수를 놓으면서 연구해 볼 것이다. 자신의 수가 그랜드 마스터의 수와 달랐던 이유는 무엇인가? 만약 같았다면 그 이유는 무엇인가? 그 시합에서 그랜드 마스터의 수가 지니는 의미는 무엇인가? 그랜드 마스터는 어떤 추론을 했기에 그 수를 선택한 것인가?

라슬로 폴가Laszlo Polgar는 세 딸에게 체스를 가르치면서 이러한 피드백을 활용했다. 그는 피드백이 지식의 습득을 촉진하는 로켓 연료와 같은 것으로 피드백이 없으면 아무리 열심히 훈련해도 성공할 수 없다는 것을 깨달았다. 놀랍게도 그의 세 딸들은 세계 최고의 체스 선수가 되었다.

스포츠에서도 피드백은 무척 중요한 역할을 한다. 골프에서 공을 잘못 치면 경기장을 벗어난다. 그런데 이게 전부일까? 아마추어 골퍼가 골프 연습장에서 중거리에 있는 깃발을 향해 공을 날리는 모습을 상상해 보자. 롱 아이언으로 스윙을 해 공을 깃발 가까이로 보내려 했으나, 깃발까지의 거리를 확신하지 못한 데다가 공의 궤도에 집중하지 못해 빗나가고 말았다. 더 큰 문제는 골퍼가 골프채 쥐는 법, 배열, 스피드 중 무엇이 잘못되어 공이 빗나갔는지 전혀 감을 못 잡고 있는데 있다. 담당 코치로부터 피드백을 받았을지언정 별로 유익한 내용은 아니었다.

이번에는 프로 골퍼가 깃발을 향해 공을 날리는 모습을 상상해 보자. 깃발까지의 거리를 정확히 알기에 너무 세게 치거나 약하게 친 다음에는 바로 힘을 재조절할 수 있다. 이 프로 골퍼의 경우 기술을 일관성 있게 구사할 수 있어서 자세, 힘 조절, 스윙과 같은 타격의 각 측면의 결과에 어떤 영향을 미치는지 바로 알 수 있다. 즉, 해당 샷에서 무엇이 잘못되었는지 즉각 파악할 수 있다. 이 선수에게도 피드백을 해 주는 코치가 있다. 코치는 선수를 끊임없이 격려하면서 그의 집중도를 평가하고, 그가 미처 깨닫지 못한 기술상의 작은 문제점들을 세심하게 살펴 즉각 피드백 해 준다. 선수에게 부족한 점을 객관적인 시각으로 파악하는 것이다.

필드 훈련이 끝나면 선수는 녹화한 동영상을 보며 제삼자의 관점에서 코치와 토론한다. 그 결과 다른 관점에서의 피드백을 획득할 수 있다.

이제 아마추어 선수가 라운딩하는 장면을 상상해 보자. 아마추어 선수는 18홀을 돌면서 페어웨이나 그린의 가장자리에서 공을 친다. 열심히 집중하며 경험을 통해 배우려고 애쓴다. 프로 선수의 라운드도 별반 다를 게 없다. 18홀을 돌면서 공을 친다. 그러나 프로 선수는 각 샷에서 하나의 공만을 치는 것이 아니라 여러 개를 친다. 그러면서 샷을 의도했던 방향과 비교하며 세심히 살핀다. 어렵거나 특이한 샷을 발견하면 예닐곱 개의 공을 치기도 한다. 이러한 연습은 대회에서 비슷한 상황을 접했을 때 유용한 피드백을 제공해 줄 것이다.

아마추어 선수와 프로 선수의 차이를 알겠는가? 아마추어 선수는 공이 샷을 하기에 어렵게 놓여 있어도 단 한 번만 친다. 반면 프로 선수는 여러 번 반복해서 친다. 신중하게 계획된 훈련을 하는 것이다.

모든 것은
신뢰로부터
시작된다

- 회의 시간에 업무 지시를 하면서도 메모하지 않는다.
- 직원들과 회의 중에 전화를 받거나 메일을 확인한다.
- 회의에 늦거나 취소하는 일이 잦다.

리더나 관리자가 무의식적으로 하는 이러한 행동들은 구성원들에게 분명한 메시지를 준다. 존경과 신뢰를 주는 메시지가 아니라는 것쯤은 진작 눈치챘을 것이다.

대개는 이런 행동들을 대수롭지 않게 생각한다. 그러나 이러한 행동들은 실은 대수롭지 않은 것이 아니다. 리더나 관리자들의 이런 행동을 접할 때마다 구성원들의 머릿속에는 어떤 생각이 떠오를까?

'중요한 일이라면서 기록도 하지 않네. 별로 중요하지 않은가 보

군.'

'자기가 할 말만 하고 우리가 말할 때는 만날 딴청이라니까. 어떻게 저럴 수가 있지.'

'회의 때 제시간에 오는 법이 없지. 우리에게는 늦지 말라고 하면서 말이야. 그래서 매번 회의 시작이 늦어지는 거라고.'

구성원들이 이런 식으로 생각하기를 원치 않는다면 회사 운영 원칙이나 가치에 부합되는 행동을 보여야 한다. 일상적인 회의나 미팅이라 하더라도 갑자기 불가피한 사정이 생겼을 때는 참가자들에게 그 이유를 설명하고 일정을 다시 잡도록 한다. 만약 이러한 노력도 하지 않은 채 그런 식의 행동이 계속된다면 구성원들의 신뢰를 잃어 당신이 말하는 어떤 이유도 변명으로 들리게 된다.

『트러스트』의 저자인 프랜시스 후쿠야마Francis Fukuyama는 "신뢰는 '사회적 자본을 이끄는 밭'이며, 높은 신뢰감이 법이나 계약 따위의 형식적 절차를 줄여 성과를 올리고 비용을 절감할 수 있게 해 준다"라고 말했다. 아울러 "지역이나 가족을 넘어서는 신뢰감이 사회적 협력을 촉진한다"라는 점을 강조했다.

『성공하는 사람들의 7가지 습관』의 저자 스티븐 R. 코비Stephen R. Covey의 아들인 스티븐 M. R. 코비Stephen M. R. Covey는 자신의 저서 『신뢰의 속도』에서 "신뢰만큼 높은 수익을 주는 것은 없다"라고 말했다. 즉, 신뢰가 유형의 경제적 자산이라는 것이다. 사회 전반에 걸쳐 신뢰 수준이 낮아지면 성공의 속도가 늦춰지고 폐단을 막기 위한 비용은 상승한다. 반대로 신뢰 수준이 높아지면 성공의 속도도 빨라지고, 폐단을 막기 위한 비용은 감소한다.

이 책에서는 다음과 같은 사례를 통해 신뢰의 중요성을 단적으로 보여준다.

어느 가게에서 거스름돈을 거슬러 주는 일 때문에 고객들의 불평이 끊이지 않고 매출에 지장이 생겼다고 한다. 그래서 아예 동전통을 비치하여 고객이 알아서 거스름돈을 챙기게 했더니 오히려 이익이 증가하고 고객의 만족도가 더 높아졌다는 것이다.

조직의 구성원들은 각자의 렌즈를 통해 신뢰를 인식하기 때문에 그것을 이해하는 공동의 언어가 반드시 필요하다. 그래야만 어떤 행동이 신뢰를 높이고 어떤 행동이 신뢰를 깨뜨리는지 허심탄회하게 대화를 나눌 수 있다. 기업이 성장하는 데 있어서 신뢰는 단순히 있으면 좋은 것이 아니라 반드시 있어야 하는 것이다. 대부분의 사람들은 신뢰를 쌓으려는 노력을 의도적으로 기울이지 않는다. 신뢰란 시간이 지나면서 자연스럽게 쌓이는 것이라는 안일한 고정관념 때문이다.

그러나 리더들에게 가장 중요한 과제 중 하나는 직장에서의 신뢰에 관한 문제점들을 직원들로부터 듣는 것이다. 직장에서의 신뢰는 일상의 행동을 토대로 형성된다. 깨진 약속, 실천되지 않은 공약, 리더들의 정보 독점, 부당한 대우, 무관심, 폭언, 거짓말, 부정 등이 있다. 이 모두가 직장 문화에 팽배해 있는 부정적인 요소들이며 신뢰를 깨뜨리는 요인들이다. 리더들부터 이런 행동들을 일삼는다면 신뢰도가 낮은 직장 문화가 형성된다. 이런 문화 속에서 직원들은 사기를 잃고 소속감을 느끼지 못하며, 생산성은 저하되고 위험 감수를 꺼리다가 결국에는 작은 불이익에도 회사를 떠나게 된다.

직원들이 리더의 행동을 멋대로 해석하거나 없는 이야기도 꾸며낸다면 가능한 한 명쾌하고 솔직하게 대화를 시도하도록 한다. 피드백은 시기가 중요하다. 직원들이 불만이나 의문을 갖지 않도록 그들의 이야기를 경청해야 한다. 물론 이렇게 한다 해도 직원들 각자 제멋대로 해석하는 것을 완전히 차단할 수는 없다. 그러나 최소화할 수는 있다.

피드백의 목적은 피드백을 받는 사람의 성과가 향상되도록 돕기 위한 것이다. 하지만 적절한 시기에 제대로 피드백을 한다 하더라도 장애가 되는 요소들이 있다. 그중 가장 중요한 것이 바로 '신뢰'다. 예를 들어 리더와 직원들 사이에 신뢰 관계가 제대로 형성되어 있지 않은 상태라면 전하고자 하는 메시지가 효과적으로 전달되지 않을 수 있다.

피드백의 효과는 피드백을 제공하는 사람에 대한 신뢰 수준과 비례한다. 피드백을 주고받는 사람들 사이에 신뢰 관계가 형성되지 않았다면 리더가 하는 이야기마다 무슨 꿍꿍이가 있다는 둥 과장된 말이라는 둥 나름의 해석을 하게 된다. 그러니 피드백을 통해 성과를 달성하고자 한다면 서로 간에 신뢰부터 쌓아야 한다. 피드백의 효과는 신뢰로부터 시작된다.

스티븐 M. R. 코비의『신뢰의 속도』에 나오는 다음의 두 사례를 통해 신뢰의 수준과 속도, 비용과의 상관관계에 대해 살펴보자.

9.11 테러 직후 미국 내 항공 여행에 대한 신뢰는 땅에 떨어졌다. 사람들은 공격을 가하려는 테러리스트가 주변에 실제로 존재함에도, 탑승객의 안전을 보장하는 항공 시스템이 제대로 작동하지 못했다는 사실을 알았기 때문이다. 이후 항공 절차와 시스템은 보다 엄격해졌고 항공기의 안전에 대한 탑승객의 신뢰는 다시 회복되었다. 하지만 보안 강화로 인해 항공사와 고객들은 더 많은 시간과 비용을 지불하게 되었다.

9.11 테러 이전에는 항공기가 이륙하기 30분 전에 공항에 도착해도 신속하게 보안검색을 통과할 수 있었다. 하지만 이제는 보안검색을 통과하기 위해서 미국 내 여행은 1시간 30분 전에, 해외여행의 경우에는 2, 3시간 전에 공항에 도착해야 한다. 이처럼 신뢰 수준이 떨어지면 속도는 늦춰지고 비용은 상승한다.

신뢰 ↓= 속도 ↓= 비용 ↑

반면에 신뢰 수준이 높아지면 속도는 빨라지고 비용은 감소한다.

월마트로부터 맥레인 유통 230억 달러 규모를 인수한 버크셔 해서웨이의 CEO 워런 버핏을 살펴보자.

버크셔 해서웨이와 월마트는 공개 기업이기 때문에 온갖 검사와 감독을 받아야만 했다. 일반적으로 이 정도 규모의 기업 합병에는 여러 달이 소요된다. 모든 자료를 검증 및 확인하기 위하여 수백만 달러를 지불해 가며 회계사, 감독관, 변호사를 동원한다. 하지만 월마트와 버크셔 해서웨이는 모두 높은 신뢰를 바탕으로 인수합병을 추진했던 터라 단 한 번의 미팅과 악수로 협상이 이루어졌다. 인수 작업을 시작한 지 채 한 달도 되지 않아 인수합병 계약서에 사인한 것이다.

워런 버핏은 '2004년 연례 보고서'에 첨부된 경영자 편지에서 이렇게 말했다.

"우리는 실사를 하지 않았습니다. 우리는 모든 것이 월마트에서 말한 그대로 될 것이라고 생각했고, 실제로 그렇게 되었습니다."

얼마나 환상적인가! 보통 수개월에서 수년이 걸리는 인수합병을 진행하는 데 채 한 달도 소요되지 않았고, 실사 비용도 전혀 들지 않았다. 그야말로 신뢰 수준이 높으면 속도는 빨라지고 비용은 낮아진다는 이론을 현실에서 검증해 주는 사례다. 다시 한 번 말하지만 신뢰 수준이 높아지면 속도는 빨라지고 비용은 감소한다.

신뢰 ↑ = 속도 ↑ = 비용 ↓

상대의 관점에서 이해하기

신뢰 구축을 위해서는 상대의 관점을 이해하는 일이 필수적이다. 그래야 효과적인 피드백이 가능하다. 사람들은 서로 다른 가치관과 문화적 배경, 사고 방식, 문제 해결 방식, 교육 수준, 사용하는 언어, 커뮤니케이션 능력, 라이프 스타일, 인종, 성별, 기대치, 나이 등이 제 각각이다.

우리가 피드백을 제공하는 대상 모두가 이렇게 다양한 특성을 지 닌 개개인이라는 점을 분명히 인식하고 있으면 여러모로 도움이 된 다. 따라서 당신이 피드백을 제공하려는 직원들에 대해 잘 아는 것이 무엇보다 중요하다. 직원들의 욕구와 개인적 관심사에 따라 인정과 보상을 제공해 주어야 한다. 또한 직원들이 자부심을 느끼며 일하는 영역이 무엇인지도 파악해야 한다. 이러한 것들이야말로 당신이 긍 정적인 피드백을 통해 강화해 주어야 할 부분이다.

어떤 직원이 조심성을 보이며 특별히 꺼리는 프로젝트나 업무가 있는가? 그것은 해당 프로젝트나 업무를 수행하기에는 그 자신의 역 량이 부족하다고 여기기 때문일 수도 있다. 당신이 추측한 이유가 적 합한지 해당 직원과 이야기를 나눠 보고 만약 그렇다면 해당 역량을 길러 주기 위해 지원 가능한 자원과 적합한 멘토를 연결해 주는 것으로 그의 성장과 발전을 도모할 수 있다.

피드백보다 신뢰가 먼저다

관리자와의 관계에 있어서 직원들이 마음을 여는 것은 관리자에 대한 신뢰 수준과 비례한다. 많은 성공한 관리자들이 직원들과의 관계에 있어서 '신뢰'와 '존경'의 중요성을 강조한다.

관리자는 다음과 같은 방법으로 직원들로부터 신뢰와 존경을 얻을 수 있어야 한다.

- 관리자는 직원들의 능력 개발을 지원할 수 있는 역량과 경험이 있어야 한다.
- 관리자의 정직과 신뢰 관계가 바탕이 되어야 한다.
- 관리자는 쌍방향 커뮤니케이션 채널을 통해 직원들의 필요에 진정으로 관심을 기울이고 그들의 이야기를 경청하며 개방성을 유지해야 한다. 즉, 직원들을 신뢰하고 존중해 주는 관리자가 직원들에게 신뢰와 존중을 받는다.

관리자에 대한 신뢰가 직원들의 성과와 만족에 영향을 미친다는 사실은 학자들의 연구 결과로도 실증된 바가 있다. 관리자에 대한 직원들의 신뢰가 직무 만족과 사소한 갈등과도 관련 있을 뿐만 아니라 전체 성과에도 영향을 미친다고 알려져 있다.

신뢰는 가치, 태도, 분위기와 감정 등이 동시에 작용하면서 진화한다. 최초의 만남에서 서로의 가치가 동일하다는 것을 확인하면서 신뢰는 빠르게 구축된다. 만일 최초의 만남에서 서로의 가치가 다르다거나 판단하기 애매한 경우에는 상대를 바로 불신하는 것이 아니라 신뢰를 잠시 유보한다. 장차 상대를 신뢰할 것인가, 말 것인가는 양자의 심리적 교류에 의해 발전된다. 장기간에 걸쳐 감정과 생각을 공유하면서 긍정적인 태도가 형성되면 사람들은 상대를 신뢰할 수 있는 사람으로 여기게 된다. 이 행동에서 성공적인 행동 교류는 긍정적인 감정과 분위기를 동반하고 신뢰 경험을 강화하지만 부정적인 감정과 분위기는 불신의 신호가 될 수 있다.

신뢰는 조직 내에서 협력적 행동의 근거이며 핵심이라는 점에서 관리자는 신뢰의 조성과 관련한 메커니즘에 주목할 필요가 있다. 만일 팀원들 간에 높은 신뢰 수준을 보인다면 서로를 단순한 직장 동료가 아닌 믿을 만한 친구처럼 여길 것이다. 다시 말해 이 상태에 있는 팀은 '진정한 팀'으로 진화되는 것이다. 이때 진정한 협력과 팀워크가 작동되고, 팀원들은 공동의 목적을 위해 기꺼이 참여하고 희생하게 된다.

높은 신뢰 수준은 시너지를 내고 협력과 팀워크를 이끌어내며, 다음과 같은 것들을 촉진한다.

• 팀원들은 공공의 관계를 형성하고, 서로 돕고 책임지려 한다.

- 팀원들은 다른 팀의 의도나 목적에 대해서도 쉽게 의심하지 않는다.
- 신뢰가 높은 팀원들은 서로에 대한 높은 기대로 공공의 협력 속에서 서로 간에 기꺼이 도움을 구하지만, 신뢰가 낮은 팀원들은 다른 팀원에게 부담을 주거나 빚진 마음을 갖지 않기 위해 쉽게 도움을 청하는 것을 꺼린다.
- 신뢰가 높은 팀원들은 자유롭게 서로의 지식과 정보를 교환하는 반면, 신뢰가 낮은 팀원들은 다른 팀원들이 제공하는 지식과 정보의 사용처를 신뢰할 수 없어 정보를 공유하지 못한다.
- 팀원들은 더 큰 공공선을 위해 개인의 이해관계와 욕구를 자제하며 다른 팀원들 역시 그렇게 행동할 것이라는 믿음을 갖고 있다.
- 신뢰가 높은 팀원들은 모두의 헌신을 확신하기 때문에 일에 대한 높은 몰입도를 보이지만, 신뢰가 낮은 팀에서는 다른 팀원들의 헌신을 신뢰하지 못하므로 일에 대한 몰입도가 떨어진다.

사실 직장 생활에서 완벽한 신뢰는 허상인지도 모른다. 그러나 높은 신뢰 관계가 형성되고 그러한 분위기가 조성될 때 조직 내의 정보가 개방적으로 공유되고, 전체를 위해 기꺼이 헌신하려는 행동이 증가되며 진실하고 자신감 있는 행동이 가능해진다. 이것이 바로 진정한 팀 차원의 시너지 기반이라는 점에서 리더의 모범적인 신뢰 형성은 가히 절대적인 중요성을 가진다.

신뢰의 두 가지 요소 : 성품과 역량

사람들에게 "당신은 누구를 신뢰하는가?", "그 사람을 왜 신뢰하는 가?"라고 질문하면 보통은 좋은 사람, 진실한 사람, 성실한 사람, 도덕적인 사람 등 성품 측면을 많이 이야기한다. 물론 성품은 신뢰 관계에 있어서 필수 조건이다. 그러나 충분 조건은 아니다.

상대방과의 신뢰가 형성되려면 성품과 역량이라는 두 가지 요소를 만족시켜야만 한다. 이때 성품에는 성실성, 동기, 의도 등이 포함되고 역량에는 능력, 기술, 성과, 실적 등이 포함된다. 어떤 사람이 진실하고 정직하더라도 뚜렷한 성과를 보이지 못하면 완전히 신뢰하기 어렵다. 반대로 재능과 기술이 뛰어나서 아무리 실적이 좋아도 정직하지 않으면 신뢰할 수 없다. 예를 들어 누군가의 성품이 신뢰할 만하다면 집을 떠나 있을 때 아이를 맡길 수 있다. 하지만 비즈니스 상황에서는 비즈니스 역량이 없으면 같은 사람이라 하더라도 신뢰하기 어렵다. 그 반대의 경우도 물론 마찬가지다.

보통 신뢰는 성품의 측면에서 생각하는 경우가 많지만 역량의 측면까지 함께 생각하는 것이 중요하다. 실제로 사람들은 일을 잘하는 사람을 신뢰한다. 신설된 교육 프로그램은 가장 역량 있는 강사에게 맡기며 실적이 높은 사람에게 유망한 프로젝트를 의뢰한다. 결론적으로 누군가의 신뢰를 얻으려면 성품과 역량 모두 충족시켜야 한다.

직원들에 대해 파악하라

먼저 관리자가 직접 관리하는 직원들에게 집중해야 한다. 점심시간을 활용하는 것도 좋은 방법이다. 한 달에 한 번 정기적으로 팀원들과 식사하는 시간을 가져본다. 이때 직원들과 업무에 대해서만 이야기한다거나 형식적으로 대화하는 등의 수준을 넘어서야 한다. 예를 들면 당신 자신에 대해 개인적인 이야기하는 것도 좋다. 당신의 관심사, 성장 배경 등 미리 이야깃거리를 준비해 두는 것이 효과적이다.

그리고 이 시간을 빌려 직원들의 드러나지 않은 문제를 파악하도록 한다. 초기에는 모든 직원들과 적어도 두 번은 일대일 면담을 갖는다. 직원들의 걱정거리, 포부, 다른 팀원들과의 관계, 건의 사항 등을 물어보며 당신이 그들에게 많은 관심이 있다는 것을 느끼게 하는 것이 중요하다. 그렇다고 가식적인 태도를 취해서는 안 된다. 그저 직원들의 이야기를 경청하기만 하면 된다. 주의할 점은 이때 직원들이 당신에게 털어놓은 이야기들을 당신의 계획이나 목표를 실행하기 위한 수단으로 이용해서는 안 된다는 점이다.

팀의 행동 지침을 설정하고 실행하라

팀의 행동 지침은 바람직한 표준이라고 여기는 행동을 집약한 모델로서 사내의 규범과 행동 예절을 규정하기 때문에 직원들은 자연히 그 내용을 존중할 것이다. 이런 행동 지침을 반드시 명시할 필요는 없다. 하지만 팀원들과 함께 내용을 정하고 기록해 두면 실제적인 효력을 발휘할 수 있다. 회사의 가치를 근거로 행동 지침을 규정하는 리더들도 있다. 중요한 것은 이 행동 지침이 반드시 실천으로 지켜져야 함을 명시하는 일이다. 행동 지침을 어겼을 경우에 받게 될 불이익도 사전에 공지하여 위반 시 그에 따른 조치를 취하도록 한다.

반드시 약속을 지켜라

약속을 어기면 어렵게 쌓아온 신뢰 관계가 하루아침에 무너진다. 그러므로 일관성 있는 태도가 무엇보다 중요하다. 만약 리더가 팀원들에게 뭔가를 약속했다면 최선을 다해서 그 약속을 지켜야 한다. 그리고 지킬 수 없다고 생각되는 약속은 절대로 하지 말아야 한다. 만약 사정이 생겨 약속을 지키지 못하게 됐다면 직원들이 공연히 헛된 기대를 하지 않도록 솔직하게 사실대로 말하는 것이 바람직하다.

불완전한
업무 수행의 원인,
피드백의 부재

직원들의 미숙하고 불완전한 업무 수행이 개인의 선천적인 한계 때문이며 그들의 통제 밖이라고 생각했던 시대가 분명히 있었다. 필자의 경험으로 보면 이것이 실패의 진정한 원인인 경우는 많지 않다. 미숙하고 불완전한 업무 수행의 원인은 개인의 무능력 탓이 아니라 문제 해결을 위해 어떠한 피드백도 제공하지 않은 리더 때문인 경우가 많다. 이는 리더이기를 포기한 것이나 마찬가지다.

이처럼 직원들의 불완전성이나 무능력의 원인과 관련해서 대부분의 리더들이 착각하고 있는 것 중의 하나가 다음과 같이 능력과 지식의 차이를 인식하지 못하는 것이다. 리더들의 이러한 인식을 보여주는 전형적인 표현으로는 "직원을 잘못 뽑았어", "자발적으로 할 줄 아는 게 없어", "머리에 든 게 없어"와 같은 것들이 있다. 직원들의 능력 탓으로 돌리는 것은 리더가 직원들의 저조한 성과에 대한 책임을 회피할 때 자주 하는 변명이다. 이 핑계는 특히 그들이 자신의 직속 부하 직원이 아니거나 다른 부서의 직원들일 때 더욱 자주 사용된다.

물론 능력 부족 때문에 직원이 업무를 제대로 수행하지 못하는 경우도 있지만 이는 매우 드문 일이다. '개인적인 능력의 한계'란 말 그대로 업무 수행을 방해하는 개개인의 신체적 한계 같은 것이다. 예를 들어 업무 자체가 색맹이 아닌 사람이 할 수 있는 일인데 담당 직원이 색맹이라면 그것은 능력의 한계라고 할 수 있다.

이렇듯 능력의 한계는 학습 능력의 부족을 의미하는 것이 아니다. 당신이 조종사로 채용되었는데 비행기 조종법을 모른다면 그것은 당신 능력의 한계가 아니라 조종 방법에 대한 지식과 스킬이 없기 때문이다. 당신이 아무런 교육도 받지 않고 비행기를 조종할 수 없는 것과 교육을 받았는데도 비행기를 조종할 수 없는 것은 전혀 다른 문제다.

예로 든 비행기 조종 스킬은 그나마 관찰하기 쉬운 경우지만 직원들이 업무 수행에 필요한 지식과 스킬을 얼마나 보유하고 있는지 리더들이 판단하기란 훨씬 더 어렵다. 외국어를 못하는 것도 지식과 스킬 부족의 한 예다. 이러한 결핍은 개인적인 노력을 통해 얼마든지 채울 수 있다.

지식은 단기간 내에 습득이 가능할 수도 있다. 그러나 스킬은 습득될 때까지 상당한 시간이 소요된다는 점을 간과해서는 안 된다. 예를 들어 새로 입사한 영업 사원의 경우 제품에 대한 지식은 단기간 내에 습득이 가능하지만, 신규 고객을 개척하고 고객들을 상대로 계약을 성사시키는 것과 같은 영업 스킬은 단기간 내에 습득되지 않는 것들이다. 여기서 성과를 내는 데 필요한 역량 중 80%가 스킬이라는 점에 리더들은 주목해야 한다.

이와 같이 리더들이 저지르는 가장 큰 실수 중 하나는 지식이나 스킬의 부족을 '개인 능력의 한계'로 인식하고 문제를 해결조차 하지 않으려는 것이다. 필자의 관찰에 따르면 능력의 한계 때문에 일을 제대로 하지 못했다고 여겨지는 사람들 중 70~80%는 실패할 수밖에 없는 다른 이유가 있었다. 그들은 한 번도 그 일을 어떻게 해야 하는지에 대해 교육받은 적이 없었던 것이다. 때때로 관리보다 지도가 먼저다. 관리나 코칭도 좋지만 지식과 스킬이 없다면 일단 가르쳐야 한다.

개인의 능력과 지식 및 스킬의 문제를 구분하는 일은 매우 중요하다. 더욱이 효과적인 피드백을 하기 위해서는 진짜 문제가 무엇인지 파악하는 리더의 능력은 매우 중요하다. 피드백을 제공하는 것은 이처럼 많은 이유에서 가치가 있다. 누군가에게 건설적인 피드백을 제공할 때 당신은 다음과 같은 일을 하고 있는 것이다.

- 효과적인 방법을 강화하거나 고취한다.
- 행동의 방향을 재설정하거나 보다 생산적인 실행 경로를 알려준다.
- 더 나은 수행을 준비하도록 한다.
- 피드백을 받는 사람의 학습과 개발에 도움을 준다.

누군가가 당신에게 솔직한 피드백을 제공해 줄 때 다음과 같은 이점이 있다.

- 다른 사람들과의 관계를 개선할 수 있는 기회가 마련된다.
- 일을 처리하는 방식에 의해 업무 프로세스를 개선할 수 있다.
- 직무에서 성취 정도를 측정함으로써 성과를 향상시킬 수 있다.
- 자신의 행동이 다른 사람들에게 미치는 영향에 대한 인식을 개선할 수 있다.

현재보다 미래에 더 나아질 수 있는 방법으로는 크게 두 가지가 있다. 하나는 지금보다 더 열심히 일하는 것이고 다른 하나는 변화를 시도하는 것이다.

변화를 시도하는 데 있어서 무엇보다 중요한 것은 변화시켜야 할 대상과 다른 방식으로 접근하는 데 필요한 적절한 정보다. 이러한 정보를 제공해 주는 것이 바로 피드백의 역할이다. 모든 조직이나 개인은 개선할 사항이 있기 마련이다. 피드백의 힘은 이와 같은 개선점을 강점으로 전환하는 데 있다.

조직 내에서 리더와 직원들 사이에 적절한 피드백이 이루어지지 않을 경우 많은 낭비가 따를 수밖에 없다. 조직이 신규 채용을 하거나 해고하는 데에는 많은 비용이 발생하기 때문에 기존의 직원을 개발시키는 것이 훨씬 더 효율적인 방법이다. 따라서 조직은 직원들의 능력 개발을 기대하며 이는 많은 부분 리더들의 책임으로 남겨진다.

그리고 리더는 직원들의 능력 개발을 위해 피드백을 유용하게 활용할 수 있다.

직원들에게 피드백하지 않는 리더는 개선하려는 노력 없이 스포츠 팀을 운영하는 감독과도 같다. 코치나 감독의 피드백을 통해 선수 개인이나 팀의 경기력은 최고의 수준에 도달할 수 있다. 필자가 코칭을 통해 만나 본 많은 리더들과 직원들은 진정한 피드백에 목말라 있었다. 문제는 잘못을 지적받는 것을 제외하고는 직원들이 자신의 업무방식에 대해 피드백을 받는 경우가 거의 없다는 것이다.

조직 내에서 대부분의 피드백은 강화하기나 개발하기 대신 지적하기나 평가하기의 형태를 띤다. 뿐만 아니라 리더나 동료로부터 진정한 피드백을 받은 것이 언제인지를 물으면 십중팔구는 머뭇거리며 기억을 더듬곤 한다. 그나마 희망적인 것은 대부분의 리더가 직원들을 돕고자 하는 의사가 있다는 사실이다.

리더로서 성공하려면 리더의 역할과 관련하여 다음과 같은 사항을 명심해야 한다.

- 관리는 직원들이 일을 수행하도록 개입하는 것이다.
- 직원들이 리더를 필요로 하는 것보다 리더가 직원들을 더 많이 필요로 한다.
- 리더의 급여는 리더가 한 일에 대한 대가가 아니라 직원들이 한 일에 대한 대가이다.

이 세 가지 기본 사항을 수용한다면 성공적인 리더가 되기 위해 어느 정도 직원들에게 개입해야 하는지 인식할 수 있을 것이다. 예를 들어 관리가 직원들이 일을 수행하도록 개입하는 것이라면 리더는 자신이 한 일이 아니라 직원들이 한 일에 따라 보상받게 될 것이다. 그렇다면 리더의 핵심 역할은 직원들이 성공할 수 있도록 최선을 다해 돕는 것이다. 오직 직원들이 성공했을 때만 리더도 성공할 수 있다. 이 말은 더 높은 성과를 얻고자 한다면 리더는 직원들이 성공하도록 돕기 위해 가능한 모든 노력을 기울여야 한다는 것을 의미한다.

불완전한 업무 수행의 원인, 피드백의 부재 때문은 아닌지 질문해보라. 조직 구성원들이 만들어낸 결과는 피드백의 결과이다.

Feedback Lessons

PART 6

성과 관리와 피드백

나만의
리더십 스타일을
만들어라

업무 능력은 뛰어난데 적절한 리더십 스타일을 갖추지 못해 커리어의 한계에 부딪히는 것보다 안타까운 일은 없다. 탁월한 리더십 스타일은 그 사람을 실제보다 더 유능하게 보이게 한다. 반대로 미숙한 리더십 스타일은 우수한 업무 역량까지 깎아내릴 수 있다. 그렇다면 자신만의 리더십 스타일을 어떻게 가다듬어야 할까? 이에 대한 답을 얻고자 로빈 에이브러햄스Robin Abrahams, 수잰 J. 피터슨Suzanne J. Peterson, R. K. 스텃먼R. K. Stutman는 성공적으로 커리어를 만들어 간 수천 명의 임원들을 연구했다. 이들이 분석해 낸 리더십 스타일 육성에 필요한 3단계 가이드를 「HBR 2020. 11-12월 호」에 실린 기사를 통해 알아보자.

리더십 스타일을 이해하기 위해 먼저 '스타일'이 '성격'과 다르다는 것을 알아야 한다. 성격은 변하지 않지만 스타일은 당신이 무엇을 하고, 얼마나 자주 하고, 언제 하는 지로 가장 잘 드러난다. 우리가 자신을 표현하고 남들을 평가할 때 사용하는 일련의 행동들을 '사회적 표지Social Marker'라고 할 수 있다. 이런 표지는 우리가 어려서부터 배우는 언어다. 언어나 비언어보디랭귀지 등 커뮤니케이션, 상황 설정 등을 통해 표현되는데 당신이 어떤 사회적 표지를 선택하느냐에 따라 타인이 당신을 어떻게 바라보는지가 결정된다. 사람들이 직장에서 자신의 지위를 드러내기 위해 가장 흔히 사용하는 사회적 표지들이 합쳐져 한 사람의 리더십 스타일이 형성된다.

우리가 다른 사람에게 자신의 지위에 대해혹은 결여된 지위에 대해 보내는 시그널은 권위power와 매력attractiveness 두 가지 범주로 나뉜다. 좋거나 나쁜 것은 없다. 권위적 표지는 자신감, 능력, 카리스마, 영향력뿐 아니라 오만함, 불쾌함, 위협적 표현과 관련돼 있다. 다른 사람의 말이나 행동을 가로막는 것이 그 예에 속한다. 매력적 표지는 상냥함, 친근함, 호감뿐 아니라 소심함, 순종, 자신감 부족을 표현하는 것과도 관련된다. 다른 사람을 위해 문을 잡아 주거나 발언보다 질문을 즐기는 것이 이에 해당한다. 동일한 표지들을 사용해 자신을 더 일관되게 표현할수록 그 사람의 스타일은 더욱 뚜렷해진다. 그리고 표지들의 사용 빈도나 조합을 바꾸면 그 사람에 대한 인상을 바꿀 수 있다.

사람들이 중립적이거나 사회적 맥락이 불분명할 때 자연스럽게 취하는 특정 사회적 표지들이 있다. 이를 개인의 타고난 스타일이라고 부른다. 타고난 스타일은 일반적으로 권위적, 조금 권위적, 복합적, 조금 매력적, 매력적이라는 다섯 가지 범주로 나뉜다. 복합적 스타일이란 권위적 표지와 매력적 표지를 균등하게 사용하는 경우인데 '존재감이 있다'라는 말로 가장 잘 요약될 수 있다.

리더는 권위와 매력을 좀 더 역동적으로 활용해야 한다. 하루에도 그리고 때에 따라서는 하나의 상황에서도 자신의 스타일을 여러 번 바꿔야 한다. 예를 들어 동료들의 신임을 얻는 것이 중요한 회의에선 안건에 대한 전문 지식을 강조하며 자신의 주장을 강력히 어필할 필요가 있다. 하지만 그다음 회의에선 협력적 파트너로서의 모습을 보여줄 필요가 있을 수 있다. 이 경우엔 동료들의 의견에 귀를 기울이고 질문을 더 많이 해서 매력적인 스타일을 좀 더 부각시키는 게 좋을 것이다.

수천 명의 리더들을 관찰한 결과 분명 타고난 리더들이 있다. 하지만 대부분은 경력의 사다리를 타고 올라가는 동안 자신의 행동을 고치느라 고생하고 뼈아픈 시행착오를 겪으며 복합적인 스타일을 창조해 직업적 성과를 거둔 사람들이었다. 어떤 리더든 지금부터 설명할 단계들을 따르면 복합적 스타일을 구현할 수 있다.

1단계 : 당신 자신을 알라

권위적 표지와 매력적 표지를 균형 있게 사용하려면 일단 현재 당신의 리더십 스타일이 어디에 위치하는지 파악해야 한다. 어디에 속하는지 정확히 모르겠다면 주변에서 당신의 행동에 대한 통찰력을 전해줄 사람들에게 물어보는 과정이 필요하다. 보통 성공한 임원들은 상사나 동료 임원, 배우자나 애인, 심지어 자녀에게서 피드백을 받고 핵심을 파악하는 능력을 보였다.

예컨대 "사람이 너무 좋으세요"나 "목소리를 좀 더 높이세요" 같은 말을 듣고 자신의 행동이 매력적 표지 쪽으로 치우쳐 있다는 것을 간파하는 것이다.

'리더십 표지를 이해하는 가이드'를 갖고 다니면서 사람들과 교류할 때마다 당신이 어떤 표지를 사용했는지 체크하는 것도 방법이다. 주기적으로 어떤 표지 범주에 가장 체크가 많이 됐는지를 보면 리더십 스타일을 유추할 수 있다.

2단계 : 다양한 표지를 가지고 실험하라

자신이 어떤 리더십 스타일인지 확인했다면 복합적인 리더십 스타일에 익숙해지기 위해 관련 표지들을 가지고 실험을 시작하라. 먼저 언어적 스타일과 비언어적 스타일 중 각각 하나를 골라 사람들과 교류할 때마다 양쪽 모두를 사용하는 것이다. 처음 시도라 어색할 경우 친한 사람들과 먼저 연습해 보는 것을 추천한다.

새로운 표지들에도 익숙해졌다면 '선택해서 섞어 쓰기'를 시도해볼 수 있다. 주어진 상황에 따라 당신이 어떤 사람처럼 보이고 싶은지 결정한 다음 그 스타일에 맞춰 권위와 매력을 넘나들며 표지를 활용하는 것이다. 믿음직한 조언자로 보이고 싶다면 매력적인 표지 위주로 사용하고, 존경할 만한 상대로 인식되고 싶다면 권위적 표지 위주로 사용하는 것이다. 하지만 지나침은 금물이다. 각 스타일 범주에서 단 몇 가지의 표지만 사용해도 인상을 바꾸는 데 충분하다.

필자가 만난 한 임원편의상 K라고 표현의 사례를 보자. 그는 사람을 주눅 들게 하고 강압적이라는 피드백이 끊임없이 이어지는 통에 스트레스를 받고 있었다. 실제로 K는 직장에서 굉장히 권위적인 스타일을 보였다. 우리는 K에게 매력적 스타일에 속하는 특정 표지 네 가지를 사용하라고 제안했다.

- 첫째, 상대방의 말을 가로채고 지적하는 행동을 자제하기
- 둘째, 주장을 할 때 질문을 곁들이기
- 셋째, '나는'이라는 말보단 '우리는' 같은 동반자적 언어 사용하기
- 넷째, 말하는 속도를 늦추고 상대방의 말을 되풀이하기.

K가 6개월간 진심을 다해 노력하자 동료들도 그의 리더십 스타일이 변화했다는 것을 알아차렸다. 자연스레 K에 대한 동료들의 호감도가 높아지기 시작했다.

3단계 : 분위기를 파악하라

서로 다른 리더십 스타일을 구현할 수 있게 됐다면 마지막으로 상황별 분위기를 파악하는 능력을 길러야 한다. 필자가 임원들에게 자주 듣는 질문 중 하나는 권위적 표지에 의지할 때와 매력적 표지에 의지할 때를 어떻게 구별하느냐는 것이다. 이와 관련해 상대방이 나에게 보이는 리더십 스타일을 먼저 파악하고 대응하는 것이 효과적이다. 상대방에게 매력적 스타일을 읽었다면 나 또한 강압적인 인상을 주지 않도록 매력적 스타일을 더 부각시킬 수 있다.

임원들이 흔히 저지르는 실수는 부하 직원에게 권위적 표지를, 윗사람에게 매력적 표지를 사용한다는 점이다. 일반적으로 이와 반대되는 접근법이 더 효과적이다. 부하 직원과 같이 있을 때 그들을 무시하거나 혼자서만 떠드는 등 권위적인 스타일을 보이면 본인의 매력은 당연히 떨어진다. 반대로 임원들과의 자리에서 매력적인 스타일을 과잉 사용한다면 믿음을 주지 못해 당신을 얕잡아볼 수 있다. 특히 미국계 회사에서는 상사와의 소통에서 존경심을 표한답시고 매력적 표지를 과용하면 역효과를 낸다.

리더십 스타일은 무의식적 편견 및 차별과 완전히 분리될 수 없다는 점에서 복잡하다. 전 세계적으로 리더십 스타일의 특징을 비슷하지만 똑같은 스타일 표지에 대해서도 그 사람이 속한 집단에 따라 다른 판단을 받는 경우가 종종 있다. 예를 들어 어떤 여성이 동료들과 다른 의견을 냈을 때 그녀에게는 '무례하다', '공격적이다'라는 꼬리표가 붙을 수 있지만 똑같은 행동을 동료 남자 직원이 했을 때 '솔직하다', '직설적이다'라는 평가를 받는다. 그렇다고 여성이나 소수자에게 의견 충돌을 피하라거나 자신의 성과를 과시하지 말라고 조언하는 것은 아니다. 하지만 소수자들은 복합적 스타일을 계발하기 위한 사회적 표지를 신중하게 선택해야 한다.

그러나 지나침은 금물이다. 당신의 특색을 가릴 정도로 집단에 순응하거나 리더십을 뒤흔들 정도로 당신의 차별성을 지나치게 강조하면 부작용을 낳을 수 있다. 따라서 외줄 타기를 하는 것과 같은 균형 감각이 필요하다.

연구를 통해 리더로서 명성을 쌓고 성공적 커리어를 이끄는 데 스타일이 결정적 요인이 된다는 것을 확인했다. 타인들과 일상적 교류를 할 때 권위적 표지와 매력적 표지를 다양하고 역동적으로 결합하면 당신에 대한 타인들의 인식에 큰 변화를 만들 수 있다. 결론적으로, 강력한 존재감을 발휘할 만큼 권위적인 동시에 남들의 추종을 받을 만큼 매력적인 리더가 되려면 진정한 의미의 복합적 리더십 스타일을 갖춰야 한다.

자유롭게
말할 수 있는
문화를 만들어라

구성원들이 자유롭게 목소리를 내고 의견을 개진하는 조직과 그렇지 않은 조직 둘 중 어느 쪽이 보다 좋은 성과를 낼 수 있을까?

제임스 R 디터트James R. Detert, 이선 R 버리스Ethan R. Burris의 연구 결과에 따르면 직원들이 자신의 관심사를 자유롭게 이야기할 수 있을 때 그 조직의 직원 유지근속 비율은 높아지고 업무 성과도 향상된다. 한 레스토랑 체인에서는 관리자들이 고위급 리더들을 설득해 개선 사항을 해결하자 직원 이직률이 32% 감소하고 연간 최소 160만 달러 규모의 비용을 절감하는 효과가 나타났다. 몇몇 금융 서비스 회사에서도 직원들이 더 자유롭게 목소리를 낸다고 보고된 사업 부서가 다른 부서보다 뛰어난 재무 성과와 영업 성과를 거둔 사례도 있다.

기업도 이를 잘 알고 있다. 때문에 리더들은 직원들이 아이디어와 불만을 더 쉽게 공유할 수 있도록 만들기 위해 노력한다. 하지만 그런 노력들은 대개 다음 두 가지 이유에서 성공을 거두지 못한다. 하나는 난처함, 따돌림, 낮은 업무평가, 승진 기회 상실, 해고 등 자유로운 의견 개진이 가져올 결과에 대해 부하 직원 들이 느끼는 두려움이다. 그리고 다른 하나는 '어차피 뭔가를 말한다고 해도 아무런 변화도 일어나지 않을 건데 왜 번거롭게 신경을 써야 할까'라는 생각 즉, 무익無益함이다.

방해 요인 1 : '두려움'

먼저 익명으로 제공되는 피드백에 의존하는 것이 그렇다. 익명성을 보장한다. 즉, 누가 무슨 이야기를 했는지 아무도 몰라 보복이 뒤따르지 않기에 사람들이 솔직할 수 있다는 생각이다. 하지만 그들이 간과하고 있는 것이 있다. 기업이 익명성을 약속할 때 말로써 표현되지 않은 속뜻은 '이 조직에서 자신의 의견을 공개적으로 공유하는 일은 안전하지 않다'는 것이다.

'주저하지 말고 나서라'는 막연한 메시지를 전하고 열린 태도를 취한 채 기다리는 것도 마찬가지다. 대화를 시작하려면 먼저 사람들이 당신에게 다가와야 하는데 이것이야말로 사람들이 두려움을 느끼는 행동이기 때문이다.

더불어 많은 리더들은 자신도 깨닫지 못한 상태에서 미세한 신호를 통해 자신의 파워를 행사하고 있을 가능성이 있다. 누군가가 용기를 끌어모아 당신의 사무실로 들어왔을 때 당신은 혹시 두 손을 머리 뒤로 깍지 낀 채 의자에 뒤로 기대앉아 있지는 않은가? 당신은 편안한 분위기를 만들고 있다고 생각할지 모르지만 사실은 우월함을 과시하고 있다. "어서 들어와요"라고 말을 건네는 등 좋은 의도를 드러냄에도 불구하고 당신은 무의식적으로 '내 앞에서 조심하는 게 좋을 것'이라고 말하고 있는 셈이다.

방해 요인 2 : '무익함'

많은 조직의 사례를 보면 직원들이 아이디어나 불만을 숨기는 가장 주된 이유는 '두려움'이 아니었다. 오히려 리더들이 아이디어나 불만에 대해 결국 아무 조치도 취하지 않을 거라는 불신이 그 주된 원인이었다. "왜 굳이 나서서 위험을 감수하지?"라는 부하 직원 들의 방어적 태도는 어디서 비롯될까?

리더들이 자유로운 의사 표현의 모델을 보여주는 데 실패하는 경우가 첫 번째다. 리더가 부하 직원 들에게 들은 얘기를 상사들과 공유하지 않는다면 직원들은 더 이상 자신의 노력을 허비하려고 하지 않을 것이다. 리더가 부하 직원 들을 대변하고 그들을 위해 행동할 것이라는 기대에 부응하지 않는다면 그것은 직원들의 사기를 심각하게 꺾는 행위다.

원하는 인풋이 명확하지 않은 경우도 문제다. 원하는 인풋의 종류를 구체화하지 못하면 사람들이 말해 주는 내용의 대부분을 버려야 할 수도 있다. 이는 사람들에게 아이디어로 기여하는 일이 아무

쓸모가 없다는 메시지로 전달될 수도 있다.

또 어떤 리더는 아이디어를 모으기 위해 수천에서 수백만 달러를 지출하면서도 막상 수집된 데이터를 검토하는 일에는 한 명의 직원도 배정하지 않는다. 재무적 측면이든 혹은 다른 방향이든 최소한 일부 아이디어만이라도 결실을 보도록 하겠다는 결심 없이 아이디어 수집만 한다면, 직원들에게 자신의 인풋이 아무것도 바꿀 수 없다는 인식을 심어줄 뿐이다.

더 자유롭게 의견을 개진할 수 있는 문화 만들기

리더들이 부하 직원의 자유로운 의견 개진 분위기를 만드는 데 어려움을 겪고 있음은 확실하다. 그러나 그것이 불가능한 건 아니다. 리더들은 그러한 문화를 만들기 위해서는 정기적이고 격의 없는 교류 같은 피드백을 주고받는 분위기를 조성하고, 피드백 절차의 투명성을 확보해 참여도를 높이고, 부하 직원 들에게 직접 다가가야 하며, '파워'를 드러내는 신호를 억제하고, 스스로 당신의 상사에게 의견을 개진하는 모습으로 본보기가 되면서 직원들이 '자신의 아이디어가 쓰레기통으로 직행했다'고 여기지 않도록 커뮤니케이션을 제대로 마무리해야 한다.

힘을 가진 사람들에게 일상처럼 진실을 이야기하기에 대부분의 사람은 자신의 사회적인 그리고 물질적인 웰빙에 신경을 너무 많이 쓴다. 조직의 리더가 그 길에 놓인 장애물 중 일부라도 제거하지 않는다면 더욱 그럴 것이다. 익명의 보고 시스템이나 아이디어를 제출하라는 애매한 요청처럼 열의가 없는 소소한 노력들로는 목적을 달성할 수 없다. 진정한 차이를 빚어내려면 사람들이 조직 내에서 어떤 위치에 있든, 그 조직에 기여하는 일이 안전하면서도 가치 있는 일임을 그들에게 확신시킬 수 있는 효과적인 조치를 취해야 한다.

역량과 성과에 따른 피드백하기

효과적인 피드백을 위해서는 피드백이 구성원의 역량과 성과에 따라 적절하게 제공되어야 한다. 또한 조직의 공동 목표와 전략에 맞게 이루어져야 한다. 그러기 위해서는 무엇보다 피드백을 장려하는 조직 환경과 서로 간에 신뢰할 수 있는 분위기가 조성되어야 한다. 또한 상대에 대한 지속적인 관찰과 명확한 기대 전달이 뒷받침되어야 한다.

당신의 조직에 피드백이 거의 없다는 것은 현재에 안주하고 있거나 발전 가능성이 없다는 명백한 증거다. 대부분의 직원들은 성과에 관한 피드백을 받으면 추진력이 생기는 경향이 있다. 그들은 끊임없이 피드백을 구한다. 특히 높은 성과를 달성하는 직원들과 최근 회사에 입사한 직원들은 피드백에 더욱더 목말라한다. 피드백은 높은 성과를 달성하는 데 있어서 매우 중요한 역할을 담당하며 직원들의 행동을 구체적으로 개선시킨다.

조직은 목표에 도달하기 위해서 같은 지향점을 향하고 동일한 행동 지침에 따라 움직일 것을 요구한다. 이러한 합의점이 없다면 직원들은 저마다 제각기 움직이며 엉뚱한 결과를 낳게 될 것이다. 이렇게 조직이 목표를 향해 한 방향으로 매진하기 위해서는 직원들로 하여금 고도의 집중력과 지속적인 커뮤니케이션, 생산적인 피드백 등을 요구하게 된다.

그렇다면 생산적인 피드백이란 무엇일까? 대부분의 관리자들이 피드백을 직원들과 일반적으로 나누는 대화 정도로 인식하는 경우가 많다. 하지만 최근의 성과지향 조직에서 피드백은 훨씬 더 복잡한 양상을 띠며 그 중요성이 더욱더 강조되고 있다. 그럼에도 직원들에게 질문해 보면 대부분이 일 년에 한두 번 정도 공식적인 성과 관리 회의를 통해 관리자들로부터 평가받는 것쯤으로 생각하고 있었다.

필자가 만난 대부분의 직원들은 실제로 더 많은 피드백을 받게 되기를 바라고 있었다. 오늘날에는 한 직장에서 다양한 세대가 함께 어우러져 일하기 때문에 피드백에 대한 기대치나 그에 대한 행동 양식 역시 매우 다양하다. 피드백이 바람직하지 않은 것이라고 생각하는 관리자는 없다. 하지만 직원들에게 피드백하지 않거나 반대로 본인에 대한 피드백을 받지 않는 이유는 다음과 같이 매우 다양하다.

- 관리자가 자신의 생각을 말하는 것에 관심이 없는 경우

- 관리자가 잘못한 일이 있으면 주위에서 말해 줄 것이라고 생각하는 경우
- 괜히 직원들에게 피드백 했다가 관계만 서먹해질 것이라고 생각하는 경우
- 피드백을 할 만한 시간이 없다고 생각하는 경우
- 연간 실적 평가만으로 피드백이 충분하다고 생각하는 경우
- 피드백하지 않아도 별로 문제 될 것이 없다고 생각하는 경우

조직의 높은 성과를 기대한다면 무엇보다 다음과 같은 질문들을 자문해 볼 필요가 있다.

"우리 조직은 전반적으로 피드백을 잘하는가? 그렇지 않은가?"
"과거에 피드백을 실행하려 했다가 실패한 적이 있는가?"
"직원들은 설문조사나 익명의 의견 개진과 같은 방법으로 피드백을 요구하고 있는가?"
"경영 전략과 직원들의 성과를 연계하여 검토하는 양질의 피드백을 충분히 제공하고 있는가?"
"진심으로 피드백이 가치 있는 일이라 생각하는가?"

조직 내에서 피드백이 진행되는 데 방해 요인으로 작용하는 것이 무엇인지 면밀히 살펴보아야만 한다. 현재의 조직 시스템이나 문화에 대해 찬찬히 되짚어 보라.

"관리자들은 직원들과 빈번히 대화하며, 소통은 원활한가?"

"직원들은 자신들이 가지고 있는 정보나 새로운 아이디어를 다른 직원들과 충분히 나누는가?"

"동료나 상사에게 충고하는 것이 쉽게 허용되는가?"

다음은 직원들이 피드백에 참여하지 않는 가장 일반적인 이유들이다.

- 개인과 팀이 과거의 방식에 얽매여 있다. 이는 과거에는 그런 방식으로도 성공을 거둘 수 있었기 때문이다. 주변 상황이 급격히 변화하고 있지만 직원들은 편안하다는 이유로 과거의 접근 방식에서 벗어나지 않는다. 오랜 습관에서 탈피하기 위해 필요한 새로운 정보조차 구하지 않는다.
- 새롭게 정한 목표와 최종 목표가 마음에 들지 않을 경우 그것을 쉽게 잊어버리고 과거의 경험으로부터 터득한 행동 패턴에 의존한다.
- 과거에 답습한 방식이 신입 사원에게도 그대로 전달된다. 그래서 새로운 아이디어나 새로운 행동 양식은 제자리를 찾지 못하고 한쪽으로 밀려난다.
- 건설적인 피드백을 열린 마음으로 받아들이거나 효과적으로 사용하는 법을 잘 알지 못한다.
- 미숙한 관리자와 함께했던 과거의 경험으로 인해 피드백을 제공하기를 꺼려한다. 그래서 견인차 역할을 할 사람을 찾기 어렵고 평소 운영 업무에 통합되곤 한다.

피드백을 제공하기 이전에 먼저 직원들이 업무 수행을 어떻게 하고 있는지 관찰해야 한다. 이때 단순히 직원들의 실적 사항이나 수행에 관해 살피는 것도 중요하지만 관리자가 평상시 직원들과 얼마나 함께하며 얼마만큼 공을 들여 관리했느냐가 그들의 피드백에 대한 반응에 지대한 영향을 미친다. 그러므로 꾸준히 관심을 가지고 직원들을 관리하는 것이 중요하다.

예를 들어 실적이 좋지 않은 직원에 대한 평가가 주된 업무라면 판매 실적이 낮거나, 물품 생산이 적거나, 새로운 고객 확보가 기대에 못 미친 경우, 이때는 관리자로서 해야 할 일이 무엇인지 고민하고 이를 실천하는 데 상당한 시간을 할애해야 한다. 즉, 그 직원에게 적절한 훈련 행동, 상품 지식 학습, 네트워크 활용 등이 제대로 이루어졌는지 면밀히 살펴보고 부족한 측면이 있다면 그것을 보완하는 데 주력해야 한다. 그러나 팀 구성을 재배치하거나 상담하는 일에 시간을 할애해야 한다면 직원들이 업무를 진행하는 방식에 좀 더 신경을 쓰도록 한다.

관리자가 어디에 시간을 할애하는 것이 가장 효과적인가를 보다 잘 이해할 수 있는 방법으로 잠시 시간을 내어 전체 업무 역량과 성과에 있어서 전체 직원들이 다음 [표 6-1]의 사분면 중 어디에 해당되는지 곰곰이 생각해 보자.

[표 6-1] 역량과 성과

직원들이 어떤 업무를 어떻게 처리하는지는 우수한 성과를 올리거나 목표에 도달하는 데 있어서 매우 중요한 요소다. 앞의 각 분면에 해당된다고 여겨지는 직원들의 이름을 각각 적어 보라. 이때 주의할 점은 전체적인 성과와 역량에 근거해서 분류해야 한다. 개인의 행동을 기준으로 판단하는 단계는 아직 아니라는 점이다.

일단 이름을 다 적었다면 지도나 행동 교정 혹은 훈련하는 데 가장 많은 시간이 소요되는 직원들을 생각해 보라. 어떤 직원에게 가장 많은 시간을 쏟아붓고 있는가? 솔직하고 공정하게 생각해 보자. 각자의 경영 스타일이나 관리 스타일에 따라 답은 달라질 것이다.

높은 역량과 실적을 자랑하고 관리가 쉬운 직원들에게 더 많은 시간을 쏟는가? 아니면 비록 실적은 낮지만 높은 역량을 보이는 직원들을 데리고 씨름하는가? 양쪽 다 낮은 직원들은 어떻게 하는가? 그들의 발전을 위해 노력하고 있는가?

먼저 높은 역량과 높은 성과를 보이는 직원들을 보자. 그들은 당신 조직에 있어서 최우수 인력이자 없어서는 안 될 보석 같은 존재들이다. 그렇다면 어떻게 해야 이들을 다른 회사에 빼앗기지 않고 지킬 수 있을까? 정말 우수한 인력들이라면 당연히 다른 회사에서 입사 제의를 해 올 것이다. 무엇으로 이들을 붙잡아 둘 수 있을까? 때때로 당신은 '이러한 인력들은 실적뿐 아니라 다양한 분야에서 탁월한 능력을 발휘하므로 특별한 노력을 기울이지 않아도 충분히 인정받고 있다'라고 생각할 것이다.

그렇다면 어떻게 해야 그들을 아끼고 있다는 것을 알릴 수 있을까? 가끔씩 우리는 이런 직원들을 그냥 방치하는 실수를 저지르곤 한다. 어련히 스스로가 잘하고 있을 것이라 미루어 짐작한다. '그에 합당한 보수를 지급받는 상황에서 군이 정기적으로 격려의 말을 해 줄 필요가 있을까?'라고 생각하는 것이다. 그래서 이런 직원들에게는 최소한의 시간만 할애하곤 한다. 하지만 그들에게도 적극적인 보상 체계가 필요하다는 사실을 기억해야 한다.

한편, 역량은 낮지만 높은 성과를 보이는 직원들에게는 업무 진행 방식에 관한 지도를 해줘야 한다. 많은 조직에 이런 부류의 직원들이 있다. 이들을 관리하는 데는 많은 시간이 소요된다. 그들의 업무 방식이 회사의 전략 방향과 일치하지 않는 이유를 자세히 설명해야 하기 때문이다. 이러한 이유로 이들은 다른 직원들이 기피하는 대상이 되기도 한다. 만약 이들의 부당한 요구도 너그럽게 수용하고 높은 성과에 합당한 보상을 해 주다 보면 의도하지 않았던 메시지를 다른 직원들에게 전달하는 셈이 된다. 즉, 실적만 좋다면 어떠한 행동도 용인될 수 있다고 암시하는 격이다. 심지어 회사 가치나 운영 실무보다 실적이 더 중요하다는 암묵적인 메시지를 전달할 수도 있다.

이런 직원들은 관리자의 시간과 에너지를 가장 많이 빼앗아 간다. 관리자는 이런저런 이유로 좋은 성과를 거둔 직원에게 그 방법을 개선하라고 말하기를 주저하게 된다. 때로는 그들이 회사를 떠나면 뛰어난 실적을 기록하는 주요 직원을 잃는 것은 아닌지 걱정이 들기까지 한다.

이제 역량은 높지만 낮은 성과를 보이는 직원들에게로 눈길을 돌리자. 그들은 성과를 내는 문제에 대한 지도가 필요하다. 그들이 해야 할 일과 마감 시간에 맞춰 끝내야 할 일들에 대해 분명하게 주지시켜야 한다. 또한 그들로 하여금 더 높은 성과를 올리고 자 한다면 적절한 훈련 행동은 물론 유용한 도구나 많은 자원들을 동원해야 할 필요가 있다.

마지막으로 낮은 역량에 낮은 성과를 보이는 직원들을 살펴보자. 그들은 관리자에게도 위협적인 존재로서 조직에 오랫동안 머물렀던 경우가 많다. 이런 부류의 직원들과 함께 일해야 하는 상황이라면 신속하게 상황을 알리고 단호하게 행동해야 한다.

이런 문제를 해결하는 방법을 강구하기 전에 먼저 다음과 같이 자문해 보기를 권한다. 관리자로서 직원들에게 기대하는 바나 변화되어야 할 측면을 분명히 전하기 위해 어떤 조치를 취했는가? 방법론적인 부분이 조정되거나 개선된다면 앞으로 그 직원이 어떻게 변화될 수 있겠는가?

낮은 성과를 올리는 직원을 위해 최선을 다할 의무가 있지만 그 의무를 다했다고 생각되는 순간 다음 단계로 넘어가야 한다. 이런 부류의 직원들에게 너무 많은 시간을 쏟다가 정작 관리자의 지도와 피드백을 통해 발전을 꾀할 수 있는 다른 직원들을 돌보지 못하는 결과를 초래해서는 안 된다. 열심히 지도하고 유용한 피드백을 제공해도 별다른 변화가 없다면 조직과 전체를 위한 최선책이 무엇인지 곰곰이 생각해서 실행에 옮겨야 한다. 말하기는 쉽지만 실제로 실행에 옮기기는 시간이 지날수록 힘들어진다.

잠시 스스로 돌아보도록 하자. 자신이 할 수 있는 최대한의 능력을 발휘하지 못하고 있음을 깨달았던 시점은 언제인가? 그 사실을 어떻게 알게 되었는가? 특정 회의나 프로젝트에서 제외되었거나 기대에 못 미치는 연말 평가를 받으면서 어렴풋이 눈치채고 있던 사실을 동료나 동기에게서 전해 들었을 때 어떤 생각이 떠올랐는가? 다른 누군가에게서 그 사실을 들었을 때 기분이 어떠했나? 우리가 변해야 하는 부분과 더불어 잘하고 있는 부분 그리고 그 근거를 알게 됐을 때 우리는 뭔가 조치를 취할 수 있다.

비즈니스는
행동이다

비즈니스에서 성공은 성과를 창출해 낼 수 있는 조직의 능력으로 결정된다. 발전소가 전력을 생산할 수 없다면 결국 문을 닫게 된다. 스포츠팀이 지속적인 성과를 내지 못한다면 코치나 감독이 교체되든지 팀이 해체된다. 이와 마찬가지로 조직이 이윤을 창출하지 못한다면 비즈니스를 그만두어야 한다.

조직에서 나타나는 모든 결과는 행동의 산물로 성과는 누군가가 무언가를 행함으로써 창출된다. 따라서 더 나은 결과를 얻고 싶다면 먼저 구성원들의 행동을 변화시켜야 한다. 이때 관리자는 구성원들이 특정한 일을 좀 더 빈번히 하거나 다른 방식으로 일하기를 바랄 수 있다. 어쨌든 다른 결과를 기대한다면 행동을 변화시켜야 한다.

결과에 의한 관리는 수동적인 접근 방법이며 상당히 비효율적이다. 결과란 행동의 최종 산물로 결과를 초래한 행동은 이미 발생한 것이다. 따라서 결과를 초래한 원인을 파악하려면 행동을 분석하고 재구성해 봐야 한다. 이것은 이미 언급했듯이 복기를 하는 것과 비슷하다.

만일 당신이 결과에 의한 관리를 한다면 이는 바둑에서 이미 패하고 난 뒤, 복기를 통해 패인을 알아보려는 것과 같다고 할 수 있다. 결과에 의한 관리를 하는 사람들은 항상 어떤 문제가 발생하고 난 뒤에야 비로소 "뭐가 어떻게 된 거야?" 하고 묻는다. 이렇게 묻는 시점은 이미 문제가 심각해지고 난 후다.

이와 대조적으로 적극적인 관리자들은 조직에서 원하는 결과가 무엇인지 파악한 후, 그 결과를 이끌어내는 행동이 무엇인지 파악한다. 이처럼 주요 행동을 파악하고 나면 관리자는 이러한 행동들이 발생했을 때 그에 대한 피드백을 해 주면 된다. 만약 이처럼 행동을 체계적이고 일관성 있게 피드백하면 주, 분기, 연 단위 결과 보고서를 보지 않고도 그 결과를 예측할 수 있다.

비즈니스는 행동이다

비즈니스는 행동이다. 행동 없이는 어떠한 조직도 성과를 달성할 수 없다. 기업들은 구성원들의 행동을 관리하기 전에 구조조정을 통한 인원 감축이나 혁신을 통한 인원 재배치 또는 고용 인력의 변화를 통해 성과를 향상시키려 한다. 그러나 이러한 방법으로 얻는 성과는 상당히 제한적이며 그 행동에서 상당한 낭비를 불러온다. 이는 그러한 방법을 설계한 사람들과 관계자들이 인간 행동의 기본 법칙에 대한 이해가 부족하기 때문이다.

지난 수년간 기업들은 사람이 아니라 행동을 변화시켜야 한다는 심각한 인식의 변화를 경험했다. 사람을 변화시키는 것과 사람의 행동을 변화시키는 것의 차이를 아는 것은 매우 중요하다. 이 둘을 구분할 수 있어야 조직을 효율적으로 관리할 수 있다.

최근 비즈니스 관련 정기 간행물들을 보면 직원들의 행동 변화의 필요성에 대해 다루지 않는 것이 거의 없다. 그러나 자세히 읽어 보면 그들은 행동에 대해 이야기하는 것이 아니라 몇몇 단어만 바꾼 채 여전히 결과에 대해 이야기하고 있음을 알 수 있다. 전통적으로 경영진들은 결과에 대해 책임져 왔기 때문에 경영진이 결과에 중점을 두는 것은 이해할 수 있다. 하지만 기업에서 관리자들은 결과가 아니라 결과를 창출할 수 있는 구성원들의 행동에 중점을 두어야 한다. 행동이 계획적으로 관리되었더라면 결과는 그보다 더 효율적이고 효과적으로 나타났을 것이고, 시간과 에너지 및 비용을 절감할 수 있었을 것이다.

리더십에 관해 "최고 경영자는 자신이 바라는 바를 제대로 수행해 낼 수 있는 적임자를 가려내는 감각과 그가 일을 수행하는 동안에는 아무런 간섭도 하지 않을 정도로 자제심이 요구된다"라고 말하는 사람들이 있다. 아마도 이들은 결과에 의한 관리를 선호하는 사람들일 것이다.

물론 이와 상반되게 많은 경영자들이 지나치게 많이 개입하는 경우도 있다. 미시적 관리micro management라는 용어가 있다. 이 용어를 잘못 사용하는 경우도 많은데 이는 다른 사람들의 행동 하나하나를 통제하려는 관리 방법을 말한다. 이것은 스스로를 옭아매는 좋지 못한 방법이다. 이 방법으로 성공한 관리자는 거의 찾아볼 수 없을뿐더러, 그가 관리하는 직원들의 성공적 수행 가능성 역시 낮다. 의도적이든 그렇지 않든 미시적 관리 방법은 직원들의 성장을 저지하거나 방해하는 처벌적 방법이다.

『In Search of Excellence 1982』라는 책에서 저자인 피터Peter와 워터먼Waterman은 '느슨함과 타이트함'을 적절하게 적용하는 관리법의 우수성에 대해 언급했다. 그들은 행동에 대해 잘 이해하게 되면 관리자들은 직원들의 관리가 언제 '느슨'한 것이 좋고, 언제 '타이트'한 것이 좋은지를 더 잘 알 수 있게 되어 결과적으로 최고의 성과를 이끌어낼 가능성이 높아진다고 한다.

일반적으로 사람들의 행동은 일정한 법칙에 따라 움직인다. 이러한 법칙에 대해 관리자들이 이해한다면 우리가 목표로 하는 중요한 일들을 효과적으로 달성할 수 있다. 상식적으로는 사람들이 어떻게 행동할지를 예측하는 것이 불가능해 보이지만 실제로는 그렇지 않다는 것도 알 수 있다.

행동에 대한 예측은 사실 우리가 생각하는 것 이상으로 가능하다.

예를 들면 어릴 때 형성된 습관이 어른이 되어서도 여전히 습관으로 남는다는 사실을 생각해 보면 행동이 얼마나 예측 가능한지 알 수 있다. 오늘 할 행동에 대한 가장 좋은 예측은 그 사람의 과거 행동을 알아보는 것이다. 여기에는 소위 '습관' 혹은 '행동 패턴'과 같은 것이 포함되는데, 이것들은 대개 과거의 일관성 있는 행동 방식 등이 반영된다. 행동 법칙에 대한 이러한 이해는 직장에서 다른 사람들과 효과적이면서도 만족스러운 상호작용을 가능하게 해 준다.

행동 vs 행동이 아닌 것

행동을 기술적으로 정의하면 '살아 있는 생물의 모든 활동'이라고 할 수 있다. 오덴 린슬리Ogden Lindsley, 1965 박사의 "죽은 사람이 할 수 있다면 그것은 행동이 아니다"라는 말을 떠올리면 이해가 훨씬 쉬울 것이다.

대부분의 인간 행동은 '관찰과 측정이 가능한 행동'으로 정의된다. 우리가 관심을 가지는 대부분의 행동은 측정과 관찰이 가능하다. 더불어 혼자만의 독백, 생각, 느낌과 같은 내면적인 행동도 행동으로 간주된다. 내면적 행위 역시 빈도를 셀 수 있고 관찰과 측정이 가능하기 때문이다.

행동은 긍정적일 수도 있고 부정적일 수도 있으며, 생산적일 수도 있고 비생산적일 수도 있다. 또한 중대할 수도 있고 사소할 수도 있다. 행동은 관찰이 가능하기 때문에 횟수를 세는 것이 가능하다. 이러한 행동의 특성은 객관적이고 효율적인 관리가 가능하기 때문에 조직에 상당한 가치를 제공할 수 있다. 또한 행동은 관찰을 통해 분석 가능하며 그 가치를 계산할 수도 있다.

조직은 직원의 행동 가치를 높일 수 있다. 기업에서 원하는 가치 있는 행동은 특정 상황에서만 결정될 수 있다. 특정 조직에서 한 행동의 가치는 그 조직의 산출물과 행동의 관계에 의해서 결정된다. 성과를 중요하게 여기는 조직에서는 성과 달성에 기여하는 행동을 가치 있는 것으로 여길 것이다. 반면, 성과 달성에 반하는 행동은 대개 시간 낭비로 간주된다.

연구원이 작업장에서 책을 읽고 있다고 가정하자. 그것은 가치 있는 행동이 될 수도 있고 그렇지 않을 수도 있다. 그가 신제품에 대한 아이디어를 얻기 위해서 전문서적을 읽는다면 가치를 창출하는 행동을 하는 것이다. 그러나 소설을 읽는다면 그것은 가치를 창출하기 위한 행동이 아니다. 미소 짓는 단순한 행동도 마찬가지다. 사무실에서 직원들이 자주 미소를 짓는 일은 약간의 가치를 가질 수 있지만 같은 미소를 짓는 행동이라도 고객 응대와 같은 상황에서는 상당한 가치를 가질 수 있다. 고마키Komaki와 블러드Blood 그리고 홀더Holder는 패스트푸드점을 통해 이를 증명해 보였다.

일반적으로 단순한 행동들은 가치 있는 것으로 여겨지지 않는다. 하지만 그렇지 않은 경우도 있다. 소비자에게 제안을 하는 것은 영업

에서 매우 중요하다, 예를 들면, 치킨을 주문하는 고객에게 "감자튀김
도 드릴까요?"라고 고객에게 물어보는 단순한 행동은 수익성에 상당
한 기여를 한다. 그러나 그것이 쉬운 행동이라고 해서 누구나 다 하는
것은 아니다. 이것들의 의미를 잘 파악한다면 관리자가 직원들에게
기대하는 행동을 유도하는 데 많은 도움이 될 것이다.

통칭은 행동이 아니다

사람들이 행동에 대해 언급할 때 그 정의가 명확하지 않은 경우가
많다. 예를 들면 수행 평가에서는 관리자에게 직원들의 행동에 대한
평가를 하도록 요구한다. 그러나 사실은 행동이 아닌 것들에 대한 평
가를 하도록 하는 경우가 많다.

전문성, 창의성, 팀워크, 열정, 커뮤니케이션의 질과 같은 용어는
일종의 통칭으로 하나의 단어에 여러 행동 요소를 포함하고 있다. 이
러한 통칭으로는 구체적으로 어떠한 행동을 말하는지 파악하기 어렵
다. 이 외에도 판매, 모니터링, 검토, 위임, 감독, 관리, 주인의식, 적
극성과 같은 용어들 역시 구체적으로 어떤 행동을 유발하는지 파악
하기가 어렵다. 만약 직원들에게 무엇인가를 지시할 때 이와 같이 부
정확한 용어를 사용하게 되면 직원들에 따라 여러 가지 의미로 해석
할 수 있다.

많은 관리자들은 자신의 지시가 명료한 것이라고 생각할지 몰라도

직원들 입장에서는 구체적으로 어떠한 행동을 하라는 것인지 파악하기 어려울 때가 있다. 실패한 조직들을 살펴보면 이러한 종류의 지시가 만연해 있는 것을 알 수 있다.

태도는 행동이 아니다

기업들은 안전 의식, 품질 의식, 비용 절감 의식, 서비스 의식과 같은 말을 많이 사용한다. 그만큼 의식에 관심이 많다는 증거다. 여기서 '의식'은 대체로 '태도attitude'를 의미한다. 그런데 문제는 이것들을 사람들의 마음mind에서 오는 것으로 생각하기 때문에 실질적으로 무엇인가를 기대하기가 힘들다는 것이다. 이러한 표현들은 구체적인 행동에 대한 것이 아니라 수많은 행동 및 과업들을 뭉뚱그려 표현한 것이다.

이러한 표현들은 사람마다 이해하는 의미가 다르다. 예를 들면 안전 의식은 머리 위에 파이프가 있는 곳을 지날 때는 머리를 낮추는 것, 기계에서 나오는 유출물을 깨끗이 닦는 것, 보안경을 착용하는 것, 다른 작업자에게 위험에 대해 경고하는 것 등 수많은 행동을 포함할 수 있다. 또한 비용 절감 의식이라고 한다면 장비 사용 후의 전원 차단, 장비 유지 및 관리, 업무 개시 전 기계 상태 점검 등과 같이 많은 행동을 포함한다. 이처럼 의식이나 태도와 같은 표현은 구체적인 측정이 불가능하며 수행에 대한 구체적인 기준을 제시하지 못한다.

상태는 행동이 아니다

상태와 행동을 구분하는 것 역시 중요하다. 상태란 행동의 결과로서 존재하는 고정된 상황을 말한다. 예를 들면 보호 안경을 쓰고 있는 것은 일종의 상태라고 할 수 있다. 그리고 보호 안경을 착용하는 동작은 행동이라고 할 수 있다. 의자에 앉아 있는 것은 상태이고, 앉는 동작은 행동이다. 상태에는 따로 동작이 요구되지 않는다. 대개 어떤 상태가 되기 위해서는 동작이 필요하지만 그 상태가 되고 나면 더 이상 동작은 필요하지 않다. 일단 잠이 들고 나면 수면을 계속 유지하기 위한 어떤 동작이 요구되지 않는 것과 같다. 문제는 특정 상태를 만들어 주는 행동이 관리자가 원하는 형태의 바람직한 행동이 아닐 수도 있다는 사실이다.

가치는 행동이 아니다

기업에서 미션mission, 비전vision, 가치value 등을 명확히 하는 것은 리더십을 발휘하는 데 있어서 매우 중요하다. 미션, 비전, 가치 등은 기업으로 하여금 그들의 기능을 명확히 하고 앞으로 나아가야 할 방향을 설정할 뿐만 아니라, 추구하는 목표를 달성하는 행동에서 무엇이 용납될 수 있는가에 대한 명확한 메시지를 전달해 준다. 그러나 미션, 비전, 가치 등을 명확히 설정하는 것만으로는 대부분의 조직에서 필요로 하는 행동에 영향을 미치지 못한다. 이것은 많은 조직이 미션,

비전, 가치 등을 명확히 했음에도 불구하고 윤리적·경제적 측면에서 문제가 발생하는 것을 보면 쉽게 알 수 있다.

예를 들면 '정직'이라는 가치는 행동이 아니며 그것은 정직을 의미하는 여러 행동들의 집합이라고 할 수 있다. 또한 보는 사람이나 행동에 따라 다르게 해석될 수 있다. 당신은 자신이 정직하다고 생각할지 모르지만 다른 사람들은 당신을 정직하지 않다고 생각할 수도 있다. 다른 사람들이 당신의 행동 중 어떤 부분을 보느냐에 따라 달라질 수 있는 것이다.

팀워크라는 개념 또한 마찬가지다. 팀워크는 조직에서 가장 중요하게 여기는 가치 중 하나다. 그러나 이것 또한 하나의 행동이라기보다는 그것과 관련된 다양한 행동의 집합이다. 조직에서 흔히 들을 수 있는 "우리는 팀워크가 약해"라는 말은 많은 의미를 내포하고 있다. 팀워크라는 개념이 측정과 관찰이 가능하도록 구체적인 행동으로 세분화하지 않는다면 팀워크를 강화하기 위한 노력은 수포로 돌아갈 수밖에 없다.

말로만 표현된 기업의 가치는 사실상 조직 내에서 자리를 잡기 어렵다. 만약 당신이 조직의 성과를 향상시키는 데 필요한 행동을 파악하고 구체화하고 세분화할 수 있다면 그렇지 않은 관리자에 비해 상당히 유리한 위치에 와 있다고 할 수 있다.

생각이 아니라 행동을 다루어라

조직 구성원들이 무슨 생각을 하는지 관리자가 상관할 바는 아니다. 그들이 보여주는 행동이 관심사다. 구성원들에게 필요한 것은 지식이 아니라 그들이 가진 지식을 증명하는 행동이다.

조직 내에서 관리자들이 구성원들에게 행동 변화를 요구하는 것은 정당하다. 하지만 사고 방식의 변화를 요구하는 것은 적절하지 않다. 이처럼 구성원들의 생각과 감정을 변화시켜 조직의 문제를 해결하려는 시도는 상당히 비효율적인 접근 방법이다.

물론 개개인의 생각과 감정이 관찰 가능한 방법들로 표현될 수 있다면 관리자들은 구성원들이 어떻게 생각하고 느끼는지 관심을 가질 필요가 있을 것이다. 그러나 중요한 것은 관리자들이 듣거나 보는 것을 통해서만 그에 대해 알 수 있다는 것이다. 즉, 타인의 생각과 감정은 행동을 관찰함으로써 추측할 수 있을 뿐이다. 생각이나 감정이 행동으로 표현되지 않는다면 조직에는 아무런 가치가 없는 것이다.

어떤 사람들은 의사 결정이나 문제 해결 등은 정신적 활동으로 매우 가치 있는 것이라고 주장할지도 모른다. 하지만 조직에서 가치를 지니는 것은 정신적 활동 그 자체가 아니라 정신적 활동을 통해 도출되는 결정과 해결책이다. 기업 운영에서 발생하는 문제점을 구성원들이 지닌 생각이나 감정을 변화시킴으로써 해결하려는 것은 결코 효율적인 방법이 될 수 없다. 그보다는 행동을 바꾸는 것이 더 현명한 방법이다.

피드백은 생각이나 느낌이 아닌 행동을 다루는 것이 무엇이 행동이고 행동이 아닌지 쉽게 구분하기 위해서는 많은 예를 접하는 것이 가장 좋다. [표 6-2]는 직장 환경에서 사용되는 행동이 아닌 것을 행동으로 서술한 전형적인 사례다.

[표 6-2] 행동이 아닌 것과 행동인 것

행동이 아닌 것	행동인 것
에너지가 넘치는	할당된 업무를 일찍 마친다. 다른 사람을 자진해서 돕는다.
책임감 있는	할당된 업무를 항상 시간에 맞춰서 끝낸다.
미성숙한	직장에서 친구들에게 무미건조한 농담을 한다.
깔끔한	모든 도구들과 자료들을 적절한 공간에 놓아둔다.
비협조적인	상사와 항상 논쟁한다. 도와달라는 팀 구성원의 부탁을 거절한다.
믿을 수 있는	자신의 실수나 잘못을 보고한다.
안전 의식이 있는	모든 안전 절차에 따라 직무를 수행한다.

『Performance Management』 Aubrey C. Daniels & James E. Daniels

성과 향상을 위한
피드백
4단계

1단계 : 신뢰 쌓기

앞에서도 누누이 강조했지만 직원들이 자신의 업무 수행을 스스로 성찰하고, 직원들에게 효과적인 피드백을 제공하고, 그것을 성과 향상으로 연결시키려면 관리자는 직원들로부터 신뢰를 얻어야 한다. 관리자를 신뢰하지 않는 직원들은 자신의 관심사나 고민을 나누려 하지 않을 것이기 때문이다.

피드백을 받는 데 있어서 불쾌하거나 심지어 굴욕감을 느낀 경험을 지닌 직원들이 의외로 많기 때문에 이들과 어느 정도의 신뢰를 쌓는 것이 생각처럼 쉽지만은 않다. 직원들과 관리자 간에 가능한 한 빠른 시간 안에 신뢰 관계를 회복하기 위해서는 관리자가 직원들의 성장을 진심으로 바라는 마음에서 피드백한다는 것을 보여 줄 필요가 있다. 또한 직원들이 충분한 역량을 갖추고 있으며 성장 가능성이 무한한 인재라는 확신을 심어 주어야 한다. 물론 이러한 행동은 시간이 걸리고 인내심이 요구된다.

2단계 : 성과 평가

성과 향상을 위한 피드백의 두 번째 단계는 직원들의 성과를 검토하거나 평가하는 일이다. 그러기 위해서는 먼저 우수함의 기준에 대해 명확하게 정의를 내리고, 그 기준에 적합한 직원들의 구체적인 사례를 찾아야 한다.

관리자들이 저지르는 가장 큰 실수 중의 하나는 직원들의 성과를 평가할 때 그 기준을 비밀로 한다는 것이다. 관리자들은 명확한 기준을 세워 놓고도 그것을 직원들과 공유해야 한다는 사실을 잊어버릴 때가 많다. 또한 직원들의 성과를 객관적으로 평가하기 위해서는 업무 처리 방식에 관해 구체적이고 정기적으로 피드백을 제공하면서 얼마나 발전했는지 확인할 수 있는 체계적인 시스템을 구축해야 한다.

관리자들이 감당해야 할 일은 참 많다. 성과에 관해 피드백을 할 때 감당해야 할 역할은 팀과 팀원들 개개인의 성과가 최고 수준에 이르도록 자극을 주고 후원하는 것이다. 물론 자신도 상당한 수준의 성과를 이루어야 할 책임이 있다.

3단계 : 긍정적 강화

직원들은 누구나 자신들이 업무를 훌륭하게 수행하는 때가 언제인지 알기를 원한다. 누구나 본능적으로 자신이 하는 일에 대해 의견을 구한다는 이야기다.

따라서 인정해 줄 만한 일이 발생했을 때는 그 즉시 칭찬이나 인정과 같은 긍정적인 강화를 제공해야 한다. 기대치의 차이는 있을지언정 긍정적 강화는 인간의 중요한 인정 욕구를 충족시켜 준다. 시기를 놓치지 않고 긍정적인 피드백을 해주면 사기가 높아져서 바람직한 행동이 더 증가하고 업무의 질이 향상되며, 자연스럽게 성과 향상으로 이어진다.

4단계 : 보상과 인정

직원들이 업무에 있어서 의욕을 가지게 되는 데는 다양한 요인이 작용하겠지만 크게 다음의 세 가지 요인이 작용하는 것으로 보인다.

첫째, 소속감의 문제

조직이나 조직의 명성과 자신이 연계되어 있다고 느끼는 소속감이나 회사에 대한 애사심이 자신의 업무에 더욱 열정을 갖고 임하도록 이끈다. 또한 직장에서의 인간관계 역시 중요하게 작용한다.

둘째, 성장과 발전의 문제

조직과 개인의 목표 달성과 성장을 위해 새로운 업무 스킬을 익히고, 직무에 필요한 다양한 교육과 경험, 피드백 등의 기회를 제공받음으로써 직원들은 동기부여가 된다.

셋째, 재정적 문제

직원들 개개인이 조직을 위해 헌신하는 정도, 달성한 성과 등에 따라 주어지는 개별적 보상, 예를 들면 월급, 인센티브 등을 제공함으로써 직원들의 의욕을 북돋을 수 있다. 사실 월급은 직원들이 조직을 떠나는 결정적인 요소가 아닌 경우가 많다. 하지만 인센티브를 제공하는 문제는 높은 수준의 성과를 올리고 바람직한 행동 양식을 유도하는 데 도움이 될 수 있다.

조직 구성원들 각자가 다양한 수준의 스킬과 능력을 보유하고 있다는 점을 이해해야 하듯이 보상은 개인 차이를 고려해야 한다. 잠시 시간을 내서 직원들의 개인적 특성이나 동기부여 요인을 탐색해 보라. 직원들 개개인의 특성에 맞춰 적절한 보상을 하면 상당한 열의를 보이게 되고 그 상태가 오랫동안 유지될 것이다.

PART 7

동기유발과 피드백

최고의
동기유발 방법은
피드백이다

피드백은 직원들에게 그들의 현 위치를 알려 주는 역할을 한다. 자신이 하는 일이 회사의 입장에서 보기에 어떠한지, 관리자가 보기에는 어떠한지, 팀원들의 생각은 어떠한지를 말해 준다.

피드백이 긍정적인 내용일 때 직원들은 더욱더 의욕을 발휘한다. 부정적인 내용의 피드백 역시 직원들의 성장에 반드시 필요하다. 아무런 피드백도 하지 않는 것은 일종의 무관심을 의미할 뿐이다. 그 내용이 긍정적이든 혹은 부정적이든 간에 피드백은 직원들의 의욕을 높인다. 왜냐하면 그것은 직원들에게 '신경 쓰고 있다'는 신호이기 때문이다. 따라서 리더로부터 받은 피드백은 최고의 동기부여 수단이 되기도 한다.

직원들에게 피드백은 자신의 존재를 인정받는 것과 같다. 물론 일이 잘되지 않는다고 느낄 때는 피드백을 받는 것이 달갑지 않을 때가 있다. 또 기분이 무거워지는 날도 있다. 그러나 피드백은 지속적으로 성장하기 위해서 반드시 겪어야 할 단계인 것이다.

다음은 필자가 코칭을 하게 되었던 직원의 사례다.

이 직원은 기기 분야의 서비스를 담당하는 일을 하고 있었다. 고객의 서비스 접수를 받아 상담하고 방문 요청 시 해당 지역의 기사를 호출해서 처리하는 일을 한다고 했다. 그런데 그는 일이 전혀 재미가 없다고 했다. 그 이유를 물어보자 "내가 일을 잘하고 있는 건지, 지시대로 하고 있는 건지, 전혀 알 수가 없어요"라고 대답했다. 일이 많아 하루 종일 바쁘게 일하지만 일과가 끝나고 나면 만족감을 느낄 수 없다고 했다. 또한 "때가 되면 월급은 꼬박꼬박 나왔고 함께 일하는 동료들과의 대화도 즐거웠지만, 일하는 보람이나 성취감 같은 것은 전혀 없었습니다"라고 말했다.

그는 일하는 도중에 무슨 문제라도 생기면 갑자기 상사가 나타나서 이것저것 지시하고 그냥 돌아간다고 했다. 그러던 어느 날 그는 상사의 배려로 코칭과 함께 피드백을 받게 된 후로 회사에서 자신에게 관심을 가지는 것 같아 좋았고, 일에도 좀 더 열정이 생겼다고 했다.

피드백이 없는 곳에서 일하는 직원들은 이렇게 생각할 것이다. '직원들이 무슨 생각을 하는지 관심을 갖지 않는다면 회사는 도대체 무엇에 관심을 가지는 것일까?', '직원들이 좀 더 일을 잘할 수 있도록 지도하지 않고 회사는 무엇을 하는 것일까?'라고 말이다.

직원들에게 적극적으로 긍정적인 피드백을 제공해야 한다. 아울러 부하 직원이 부정적인 피드백을 받고 싶어 하지 않는다고 멋대로 짐작하지 마라. 피드백을 제공하는 목적을 정확하게 설명하고 배려하는 마음으로 제안한다면 그들은 부정적인 내용의 피드백이라도 기꺼이 받아들인다.

효과적인
피드백을 위한 조건
10가지

효과적인 피드백의 특성

피드백은 겉으로 보기에는 단순한 개념이다. 하지만 수많은 요인이 그 효과를 증가시키는 경향이 있다. 『직무수행관리』의 공동저자 오브리 C. 대니얼스와 제임스 E. 대니얼스는 피드백의 효과를 증가시키는 10가지 조건을 다음과 같이 제시하였다.

1 기본 정보를 구체적으로 제공하라.

2 수행자가 통제 가능한 정보를 제공하라.

3 즉각적으로 빈번히 피드백하라.

4 상황에 맞게 개별 피드백과 집단 피드백을 제공하라.

5 스스로 자신의 수행을 관찰하도록 고무시켜라.

6 자기 관찰이 어렵다면 책임자가 관찰한 내용을 제공하라.

7 향상에 초점을 두어라.

8 이해하기 쉬운 방법으로 피드백하라.

9 그래프 형태로 피드백하라.

10 강화에 대한 선행 자극이 되도록 피드백하라.

기본 정보를 구체적으로 제공하라

여기서 구체적이라 함은 수행자가 정확하게 어떤 행동을 어떻게 바꾸어야 하는지 알 수 있도록 정보를 제공하는 것을 의미한다.

예를 들어 직원들에게 품질부에 대한 그래프를 제공할 경우, 직원들이 이 그래프를 보고 품질 개선을 위해 어떤 행동을 달리해야 할지 모른다면 이는 유용한 피드백 자료가 될 수 없다. 그러나 오류 없이 처리된 문서의 양, 기계 작동 시간, 사포 벨트가구 공장로 닦인 판의 수, 처음에 정확하게 설치된 문풍지의 비율자동 조립 공장과 같이 품질의 특정한 측면에 대한 자료를 제공하면 직원들은 그 자료가 의미하는 바를 알고 이후 행동 변화의 방향을 잡을 수 있다.

한편 피드백을 계획할 때 데이터 수치가 변동됨에 따라 수행자들이 해야 할 일을 정확하게 인식하고 있는지를 확인해 보는 것이 필요하다.

수행자가 통제 가능한 정보를 제공하라

어떤 수행과 관련해서 수행자는 자신의 수행을 통제할 수 있어야 한다. 이 원리는 당연하게 보이지만 사람들이 종종 시행착오를 일으키는 것 중 하나다.

예를 들면 가구 공장에서 직원들은 매달 지게차 유지비에 드는 비용을 줄여야 했다. 이를 위해 매달 지게차 유지비를 그래프로 그려 벽에 붙여 놓고 모두가 유지비를 줄이기 위해 노력했다. 그러나 첫 달은 별다른 성과가 없어 모두가 실망했다. 그들이 무엇을 잘못했을까? 아무런 잘못도 하지 않았다. 이 공장의 지게차 수리를 담당해 오던 회사가 그달에 수리비를 인상했기 때문이다. 이 문제는 계획대로 시행되는 정기적인 유지비 항목들의 비율에 대한 피드백을 통해 해결되었다.

통제의 또 다른 측면은 수행자가 자신의 수행을 향상시킬 만한 충분한 지식과 기술을 보유하고 있는지를 살펴보는 것이다. 만일 수행자가 해당 업무를 수행하는 데 전혀 훈련되어 있지 않거나 잘 못 훈련되어 있다면, 아무리 수행이 수행자의 통제하에 있다 하더라도 피드백의 효과를 기대할 수가 없다.

즉각적으로 빈번히 피드백하라

피드백은 빠르면 빠를수록 좋다. 매시간 제공하는 피드백이 매주

제공하는 피드백보다 수행자가 수행을 바꿀 기회를 더 많이 접하게
된다.

예를 들어 당신이 다이어트를 한다고 가정해 보자. 매일 체중을 측
정해 보는 것과 일주일에 한 번씩 측정하는 것 중에 어느 것이 더 효
과적이겠는가? 그럼에도 불구하고 수행 이후 피드백이 제공되는 시
간은 일반적으로 너무 지연되는 경향이 있다. 대부분의 조직에서 일
일 단위의 피드백은 찾아보기 어렵고 심지어는 월 단위로 피드백을
제공하는 조직조차도 찾아보기 힘든 것이 현실이다.

상황에 맞게 개별 피드백과 집단 피드백을 제공하라

피드백은 개인의 수행을 근거로 할 때 가장 유용하다. 즉, 개인의
수행에 관한 피드백은 좀 더 구체적이고 수행자의 통제하에 있으며,
자기 관찰이 가능하고 즉각적이며 쉽게 이해될 수 있다. 하지만 수행
에 대한 개인적인 측정이 가능하지 않다면 가장 작은 집단을 상대로
피드백을 제공하는 것이 바람직하다.

만일 특정 기계를 한 팀의 일원인 세 사람이 함께 작동시키고 있다
면 피드백은 팀 수행에 대한 것이어야 한다. 그리고 두 사람이 한 프
로젝트를 같이 진행하는데 각자의 수행에 대한 측정이 불가능하다면
해당 프로젝트의 진행과 관련한 피드백을 제공해야 한다. 또한 집단
수행과 관련해 개별 피드백을 줄 수 있는 상황이라면 집단 피드백도

함께 제공해야 한다.

집단 피드백은 개인 피드백 이상으로 강화 기회를 증가시킨다. 집단 피드백에서는 감독자, 관리자, 동료, 심지어 방문자들이 강화 시스템의 일부분이 될 수 있다. 이때 유의할 점은 개인 피드백은 개인적으로 제공하고 집단 피드백은 공개적으로 제시하는 것이 좀 더 효과적이다.

스스로 자신의 수행을 관찰하도록 고무시켜라

수행자 스스로 자신의 수행을 관찰하거나 측정하는 것이 가능한 상황이라면 그렇게 하도록 수행자를 격려하고 고무시키는 것이 좋다. 수행자의 자기 관찰은 수행에 대한 즉각적인 피드백을 제공함으로써 수행이 바람직한 수준에서 너무 많이 벗어나기 전에 스스로 통제할 수 있다는 장점이 있다. 특히 다른 사람에 의해 제공되는 피드백은 시간적인 지연 가능성이 있어 효과성이 떨어질 수 있는 반면에 자기 관찰에 의한 피드백은 즉각적인 제공이 가능하므로 좀 더 효과적일 수 있다.

반대로 자기 관찰의 단점은 수행자가 자기 관찰에 의한 자료나 정보를 위조할 수 있다는 것이다. 수행자들은 스스로 기록한 데이터를 상사나 관리자들이 확인한다는 사실을 알고 있으므로 자신에게 유리한 방향으로 정보를 조작할 위험이 있다. 만일 수행자가 자료를 조작한다면 그것은 과거에 자료가 주로 처벌 목적으로 사용되었을 가능성이 높다. 어떠한 이유로든 수행자가 자료를 조작할 위험이 있거나 그러한 경험이 있다면 자기 관찰을 통한 피드백의 사용은 유의할 필요가 있다.

자기 관찰이 어렵다면 책임자가 관찰한 내용을 제공하라

자기 관찰을 통해 피드백을 할 수 없다면 책임자의 위치에 있는 사람이 관찰한 결과를 토대로 피드백을 제공하도록 한다. 이때 책임자는 그 사람의 상사가 될 수도 있고 팀이나 집단의 리더, 교수자, 코치, 부모 등이 될 수 있다.

피드백은 관리자나 감독자의 주요 역할 중 하나로 다른 사람에게 위임해서는 안 된다. 직원들을 성장시키고 훌륭하게 이끄는 것이 리더나 관리자들의 임무라면 직원들에게 적절한 피드백을 제공하는 일이 무엇보다 중요하다는 것을 명심해야 한다.

수행자의 자기 관찰이 어려운 경우 책임자가 관찰한 자료를 토대로 피드백을 제공해야 하는 이유는 다음과 같다.

- 책임자가 피드백을 제공하기 위해 관찰하고 기록하는 데 시간을 투자하는 행위 자체가 그만큼 중요한 정보라는 메시지를 전달한다.
- 책임자가 피드백을 제공하면 수행자는 책임자가 자신이 어떻게 업무를 수

행하고 있는지 알고 있다는 것을 인지하게 된다.

- 책임자가 피드백을 제공하기 위해 자료를 직접 그래프로 작성하면 책임자는 그 행동을 통해 스스로 많은 것을 배울 수 있다.
- 책임자가 직접 관찰 자료를 기록하면 수행자에게 강화를 제공할 기회가 그만큼 더 많아진다.

향상에 초점을 두어라

일반적으로 사람들이 받는 피드백은 그들의 수행과 관련한 지적 사항에 대한 것이다. 누군가가 당신에게 "몇 가지 피드백을 드리겠습니다"라고 말할 때 그가 당신의 장점에 대해 말할 것이라고 기대하지 않는다. 보통 이런 경우에는 당신이 개선해야 한다거나 향상시켜야 할 사항에 대한 것들이 많다. 이를테면 성취 미달이나 나쁜 수행 습관을 지적하는 것이다.

대부분의 조직에서 수행에 관한 피드백 자료로서 불량률, 실수, 잘못, 사고, 결근 등을 제공한다. 그러나 그보다는 달성률, 성공적 처리 비율, 우수 사례, 모범적 근무 일수 등에 대해 피드백을 제공하는 것이 훨씬 더 효과적이다. 즉, 문제점을 드러내기보다 해결점을 찾는데 중점을 두는 것이 바람직하다.

부정적인 피드백은 바람직하지 않은 행동을 줄이는 것이 목적이기 때문에 자연스럽게 처벌이나 징계의 조건이 될 수 있다. 반면에 바람직한 성과나 기대되는 행동에 초점을 맞춘다면 긍정적 강화를 더 많이 제공하여 수행의 향상을 가져올 수 있다.

이해하기 쉬운 방법으로 피드백하라

수행자가 올바로 이해하지 못한 피드백은 피드백이 아니다. 만일 수행자가 피드백의 내용 자체를 이해하지 못해서 개선이나 향상을 위해 무엇을 해야 할지 모른다면 그런 피드백은 소용이 없다. 따라서 피드백을 제공하는 사람은 상대가 그 내용을 제대로 이해했는지 수시로 확인해야 한다.

최소한 시작할 때만큼은 리더나 관리자들이 직접 피드백을 제공하는 것이 좋다. 한 가지 좋은 방법은 수행자가 리더나 관리자로부터 받은 피드백 내용을 그들에게 다시 설명하게끔 하는 것이다. 이렇게 함으로써 수행자가 피드백 받은 내용을 제대로 이해했는지 확인해 볼 수 있다. 더불어 수행자 스스로 수행에 대한 의지를 한 번 더 확고히 하며 의문점이 생기면 바로 그 자리에서 확인이 가능하다는 장점이 있다.

그래프 형태로 피드백하라

피드백은 그래프 형태로 제공할 때 큰 효과를 볼 수 있다. 그래프는 피드백이 내포하는 정보 이상의 추가적인 강화 기회를 제공하기 때문이다. 앞서 피드백만으로는 충분한 강화가 이루어지지 않는다는 사실을 강조하였다. 그러나 그래프 형태로 제공되는 피드백은 강화에 대한 선행 자극의 역할을 하며 사람들 간에 서로 강화해 줄 기회를 제공하고 스스로에 대한 강화도 가능하게 한다.

팀의 수행을 한눈에 보여주는 그래프의 수치가 점차 향상되면 보통 팀원들은 이 그래프를 보고 향상된 수행에 대해 이야기를 나누며 서로 간에 강화하거나 스스로 자극을 받아 강화하게 된다. 또한 이 그래프를 보며 자부심, 만족감, 성취감 등을 느낀다. 즉, 향상 중인 흐름을 보는 것은 강화에 대한 강력한 선행 조건이 될 수 있다.

이처럼 수행이 향상되는 것과 목표에 가까워지는 모습을 보는 것은 그 자체로 대부분의 사람에게는 중요한 강화 요인이다. 하지만 그 정보가 숫자나 표로 제시될 때는 향상된 정도가 시각적으로 잘 표현되지 않는다. 따라서 이것을 보는 사람들의 감흥이나 동기유발도 비교적 덜할 수밖에 없다. 이러한 이유로 피드백 정보를 단순한 표나 수치 형태보다 그래프 형태로 제공하는 것이 훨씬 더 효과적이다.

강화에 대한 선행 자극이 되도록 피드백하라

이 조건은 아무리 강조해도 지나치지 않다. 강화 없이 제공되는 피드백은 결국 수행을 개선 및 향상시킬 수 있는 능력을 잃어버리게 된다. 따라서 피드백 제공 계획을 세울 때 강화에 대한 것을 포함시키지 않았다면 성과 향상에 대해 크게 기대하지 않는 것이 좋다. 최적의 수행을 달성하는 데 가장 효과적인 방법은 의미 있는 강화 및 이와 결부된 의미 있는 피드백을 사용하는 것이다.

피드백의
종류와 지침

사람들은 누구나 다른 사람들과 피드백을 주고받으며 살아간다. 문제는 서로에게 제공하는 피드백이 바람직하거나 좋은 결과를 가져올 수도 있지만 그렇지 않을 수도 있다는 것이다.

관리자가 직원의 제안에 부정적인 피드백을 하면 직원의 사기와 의지가 약해지거나 관계가 서먹해질 수도 있다. 만약 피드백과 관련해 풍부한 지식과 경험을 가진 리더라면 직원의 사기를 높이는 방법을 알고 있을 것이다.

한편 직원들도 리더에게 피드백을 제공한다. 이때 직원의 피드백이 부정적인 것이라면 리더는 해당 직원에 대해 좋지 않은 감정이나 선입관이 생길 수 있다. 직원들도 피드백에 관한 경험이 별로 없다면 리더의 감정적 동요를 이해하지 못하고 리더의 탓으로만 돌릴 것이다.

따라서 피드백에 대해 좀 더 잘 이해하여 보다 효과적으로 활용하는 것이 중요하다. 먼저 피드백의 종류는 다음과 같이 크게 두 가지로 나눌 수 있는데 이 둘은 서로 관련되어 있지만 그 특성에 있어서는 완전히 다른 별개의 것으로 봐야 한다.

피드백의 종류

평가적 피드백

평가적 피드백은 대부분의 사람들이 피드백이라는 말을 들었을 때 가장 먼저 떠올리는 것이다. 종종 연례 실적 검토의 형태를 띠는 평가적 피드백은 특히 판매 관리와 같은 분야에서 중요하게 사용된다. 또한 학교에서 흔히 사용되는 채점 방식과 비슷하게 평가가 이루어진다. 예를 들면 'A~F학점' 또는 '1~20등'과 같이 채점 모형을 바탕으로 한다. 이처럼 평가적 피드백은 "당신의 실적은 평균보다 높습니다"를 허용하며 주로 보상과 관련이 있다. 또한 오늘이 아니라 어제를 평가한다.

평가적 피드백은 관리에서도 핵심적인 부분을 차지한다. 실적 검토 중에 리더는 점수 또는 등수를 매긴다. 더불어 평가받는 직원에 대한 리더의 인식을 대변한다. 일부 조직에서는 360° 피드백을 제공하기 위해서 다면 평가를 포함시키기도 한다. 여기서 360° 피드백이란 상사, 동료, 부하는 물론 고객으로부터도 피드백을 받는 것을 말한다.

평가적 피드백을 제공하는 실적 검토의 주된 목적은 평가 대상인 직원이 자신의 과거 실적과 위치, 평가 수준 등을 분명하게 인식하도록 하는 데 있다. 한 사람이 평가적 피드백을 제공하든 또는 여러 사람에 의해 제공하든지 간에 평가적 피드백은 관리에서 중요한 부분을 차지한다.

발전적 피드백

발전적 피드백은 평가적 피드백과 달리 미래에 더 좋은 실적을 내기 위해서 리더와 직원이 할 수 있는 것을 모색한다. 예를 들어 올림픽 경기에서 한 체조 선수가 8.5점을 받았다면 그 점수 자체가 그 선수를 더 훌륭한 혹은 덜 훌륭한 선수로 만들지는 않는다. 8.5점은 한 경기에서의 점수이자 평가일 뿐이다. 발전적 피드백은 '목표 달성 혹은 목표 초과 달성을 위해서 우리가 해야 할 일은 무엇인가?' 또는 '어떻게 현 상황을 개선할 수 있을까?'와 같은 질문에 답을 제시하는 것이다.

발전적 피드백과 평가적 피드백의 또 다른 주요 차이점은 이러한 발전적 질문이 일 년에 한두 번 정도가 아니라 일상에서 수시로 제기된다는 것이다. 이러한 이유로 발전적 피드백이 있는 곳에서는 성장이 이루어진다. 발전적 피드백은 직원들이 직면한 장애물을 파악하고 그 장애물을 제거하기 위해서 그들의 역할을 강화하도록 돕는다. 즉, 직원들의 업무 수행과 행동이 발휘하는 영향력을 그들 스스로 인식하게끔 객관적 정보나 자료를 제공하여 개선점을 찾고 성장하도록 돕는 것이다. 이때 관리자는 직원들이 하는 일에 적극적으로 관여함으로써 그들의 성장을 돕는다. 이는 개인의 업무 성과와 관련된 피드백에서부터 사적인 영역의 피드백에 이르기까지 다양한 차원에서 이루어질 수 있다.

자신의 성과에 대한 피드백을 받은 직원은 성장의 계기를 마련할 수 있다. 피드백을 받지 못한 직원은 자신의 수행이 적절한 것인지 그릇된 것인지 확인할 수 없고 심지어 그릇된 행동을 반복할 수도 있다. 분명한 것은 피드백 없이 개인이나 조직이 결코 성장할 수 없다는 사실이다. 따라서 적절하고 정확한 발전적 피드백은 반드시 필요하다.

피드백에 대한 몇 가지 지침

다음은 적절한 피드백을 위한 몇 가지 지침이다.

피드백은 직원들에게 성장의 계기가 되어야 한다

피드백의 목적 중 하나는 직원들의 행동에 변화가 필요하다는 것을 알리는 것이다. 적절한 정보를 제공하거나 수행에 대한 격려 차원의 피드백은 직원들의 입장에서 볼 때 새로운 희망과 동기를 불어넣는다. 하지만 유용하지 않은 정보의 제공 혹은 비난하기 위한 피드백은 직원들을 방어적으로 만들어 현재의 수행을 반복하게 하거나 새로운 행동을 위축시킨다. 이렇듯 건설적인 피드백은 직원들에게 성장의 기회를 제공하지만 건설적이지 않은 피드백은 직원들로 하여금 새로운 모험과 도전을 기피하도록 만든다.

피드백은 구체적이어야 한다

특정한 수행에 대한 구체적인 정보를 제공할 때만 피드백은 유용하다. 예를 들어, 직원의 보고서를 검토한 리더가 개선이 필요한 부분을 구체적으로 알려 주거나 상세하게 설명해 줄 때만 변화를 촉구할 수 있다.

피드백은 행동 그 자체에 초점을 두어야 한다

피드백은 직원 그 자체에 대한 평가나 판단이 아니므로 직원이 수행한 행동 그 자체에 초점을 두어야 한다. 그래야 직원의 방어적인 태도와 의견 차이를 줄일 수 있다. 특정 행동에 대해 흑백논리로 재단하기보다는 그 수행이 어떻게 이루어졌는지 있는 그대로 직원과 공유하는 것이 중요하다. 그리고 그보다 더 중요한 것은 행동의 변화는 전적으로 직원의 몫이라는 점이다. 대체로 통제 지향적인 리더들은 피드백 행동에서 직원들이 보이는 행동 이상의 인격적 문제까지 거론하며 그들을 변화시키려 한다. 하지만 이러한 방식으로는 절대로 변화를 가져오지 못한다.

피드백은 즉각 제공되어야 한다

피드백은 행동이 발생한 직후에 제공되는 것이 가장 효과적이다. 사람들은 최근에 일어난 사건은 쉽게 기억하고 이해하며 공감할 수 있지만 비교적 발생한 지 오래된 사건은 잘 기억하지 못한다. 기억하더라도 왜곡될 가능성이 있으며 쉽게 공감하지 못한다. 예를 들어 직원이 과거에 저지른 실수를 이제 와서 들추는 것은 상대방의 공감을 얻기 어려울뿐더러 행동 교정에도 저항을 일으키기 쉽다.

피드백은 유연해야 한다

피드백이 적시에 제공되는 것이 효과적이기는 하지만 어떤 피드백은 시간을 두고 제공되어야 한다. 피드백이 상대에게 도움을 주기 위한 것이라면 사전에 철저히 계획될 필요가 있다. 예를 들어 직원이 피드백을 수용할 수 없을 만큼 정서적으로 불안한 상태라면 다른 시기를 고려해야 한다.

또한 피드백을 제공하는 행동에서 직원 스스로 자신의 새로운 행동에 자연스럽게 적응하기 위해서는 충분히 공감해 주면서 기다려 줄 수 있어야 한다. 경우에 따라서는 한 번에 한 가지 주제를 다루기보다 여러 가지 주제를 한꺼번에 다루며 피드백을 제공하는 것이 그 효과를 배가시킬 수도 있다.

피드백은 긍정적인 것과 부정적인 것 모두를 전달해야 한다

피드백을 제공할 때에는 긍정적인 내용과 부정적인 내용을 모두 포함하는 것이 좋다. 직원들의 수행에 대해 긍정적인 측면에만 초점을 맞추면 직원들은 자신의 능력에 대해 자만하거나 행동 변화를 요구했을 때 쉽게 받아들이지 못할 수 있기 때문이다. 반대로 부정적인 측면에만 초점을 맞추면 자칫 비난받는 것같이 여겨져 위축되거나 새로운 행동을 시도하는 데 소심해질 수 있다.

피드백은 비난하는 것이 아니어야 한다

피드백의 궁극적인 목적은 직원들을 성장시키기 위한 것이다. 이러한 목적을 잊어버린 채 피드백이라는 명목하에 직원들에게 비난을 일삼는 리더는 스스로 자신이 무능력하고 신뢰할 수 없는 사람이라는 것을 떠벌리는 것과 다름없다.

인정과
보상을
제공하라

영업을 총괄하는 A 본부장은 매일 출근과 동시에 직원들을 한 명 한 명 일일이 찾아다니며 하이파이브를 한 다음 일과를 시작했다. 처음에는 누구나 어색해 했지만 한두 달 계속되자 직원들끼리도 하이파이브를 하기 시작했다. 또한 영업 목표 달성 여부와 상관없이 그는 매월 실적 마감 후에 직원들의 노고에 대해 격려했다. 그리고 실적에 대한 질책보다는 특별히 창의적인 노력을 기울였거나 새롭게 시작하는 일들에 대한 칭찬과 격려를 하는 시간을 가졌다. 물론 목표를 달성한 달에는 특별한 이벤트나 시상을 통해 직원들을 격려했다.

어느 달은 목표 달성이 어려워서 직원들과 늦은 시간까지 퇴근을 하지 않고 머리를 맞댄 채 고민한 적도 있었다. 그럴 때에도 그는 직원들을 질책하기보다는 식사나 전체 회의 등을 통해 그들에게 격려를 아끼지 않았다. 그러자 직원들은 시간이 지날수록 자신들의 노력을 인정해 주고 늘 격려해 주는 그에게 감동하고 존경심을 느꼈다. 물론 팀워크와 사기도 최고조로 올라갔다. 그들은 정말 최선의 노력을 다했는데도 실적이 좋지 않을 때는 서로를 위로했고 실적이 좋을 때는 다 같이 손을 마주치며 하이파이브를 하고 더욱더 힘차게 파이팅을 외쳤다.

이런 일을 통해 직원들의 사기가 얼마나 올라갔을지 한 번 상상해 보라. 그들은 일이 잘 안될 때만 파이팅을 외친 것이 아니었다. 그는 실패에도 관대했지만 성공에 더욱 집중했다. 실패는 굳이 신경 쓰지 않아도 저절로 주의를 집중시킨다.

이처럼 축하 행사는 항상 제대로 해야 한다. 직원들이 올린 성과에 대해 크건 작건 어떤 형태로든 격려와 축하가 필요하다. 사람들은 자신의 성과에 대한 다른 이들의 갈채와 감사 그리고 인정을 원하고 기대한다. 따라서 그들을 기만해서는 절대 안 된다. 직원이 일 년간 회사에서 일한 시간을 환산하면 무려 1,000시간이 넘는다.

대체 얼마만큼의 피드백을 제공해야 과연 충분하다고 할 수 있을까? 또 얼마나 잘해야 제대로 된 축하 행사를 해 줄 수 있을까? 대부분의 조직은 이 분야에서는 아직 미개척지나 마찬가지다.

리더의 핵심 역량, 피드백 주고받기

오늘날 리더십에 관한 연구의 대부분은 리더십을 발휘해 본 일도 없고, 리더십이 요구되는 조직에서 일해 본 경험은 더더욱 없는 학자들에 의해서 이루어지고 있는 것이 현실이다. 리더십에 관한 책만 해도 수백 권이 넘는다. 그만큼 리더십에 관한 정의 또한 수백 가지가 있음을 알 수 있다.

리더는 말과 행동을 통해 자신의 리더십을 드러낸다. 그리고 다른 사람들로 하여금 변화를 추구하도록 이끄는 것이 리더의 역할이다. 그렇다면 사람들로 하여금 변화를 추구하도록 이끌기 위해 리더들은 구체적으로 어떻게 해야 할까? 바로 자신이 이끄는 사람들이 특정한 상황에서 취해야 할 행동을 리더 스스로가 행함으로써 모범을 보이는 것이다.

한동안 '리더는 타고나는 것인가, 만들어지는 것인가?'를 놓고 갑론

을박이 많았다. 여기서는 그에 대해 새삼스럽게 논할 생각은 없다. 다만, 필자는 행동주의 사상을 가진 사람이다. 리더십이든 재능이든 타고난다기보다는 후천적인 노력을 통해 얼마든지 탁월해질 수 있다고 믿는다. 이는 필자의 생각이기 전에 최근 학자들의 연구 결과 또한 이러한 사실을 잘 뒷받침해 주고 있다.

리더의 역할은 구성원들의 성과를 향상시키는 것이다. 따라서 리더가 얼마나 자신의 역할에 충실했느냐 하는 것은 구성원들의 성과를 통해 판단되어야 한다. 리더의 모든 행동은 구성원들의 행동에 영향을 미치기 때문이다. 이러한 이유로 리더는 그가 이끄는 구성원들의 행동 변화와 성과 그리고 리더 자신의 행동을 통해 평가받게 된다.

이와 관련하여『행동이 성과를 만든다』의 저자 로빈 스튜어트 코츠 Robin Stuart-Kotz는 30여 년간 5,000명이 넘는 기업체 및 조직의 책임자들과 대화를 나누고 의견을 경청했다. 그 결과 리더가 어떠한 행동을 취하느냐에 따라 조직의 성과가 더 향상되거나 안정될 수도 있고 더 악화될 수도 있다는 결론에 이르렀다.

로이터 통신의 니알 피츠제럴드 Niall Fitzgerald 회장은 "리더들이 제대로 이해하지 못하는 것 중의 하나는 그들이 하는 말과 행동이 아주 커다란 증폭 시스템을 통해 구성원들 사이로 퍼져 나간다는 점이다"라고 말했다. 리더의 모든 행동은 구성원들은 물론 조직의 성과에 지대한 영향을 미친다는 사실을 기억해야 한다.

최근 우리나라 대기업들은 대부분 360° 다면 평가를 통해 임원들의 리더십 역량에 대해 평가하고 피드백하는 행동을 거친다. 이 행동에서 필자와 같은 전문 코치들이 투입되기도 한다. 그런데 그 내용을 살펴보면 부하 직원 들이 바라본 상사의 리더십이나 상사가 바라본 리더로서 보완해야 할 점 등이 주를 이룬다. 이마저도 대부분 형식적인 경우가 많고 일 년에 한 번, 많아야 두세 번에 걸쳐 시행하는 경우가 대부분이다. 대기업들의 임원 코칭에 참여할 때마다 '이렇게 해서 임원들의 리더십이 변화될까?' 하는 의문이 들지 않을 수 없다.

기업의 임원들에게는 거창한 리더십이 아니라 리더십 스킬이 부족한 것이다. 즉, 필자가 코칭을 담당했던 임원들의 대부분은 커뮤니케이션 스킬이 부족했고 특히 공감 능력이 떨어졌다. 그들도 자신들이 그렇다는 것을 스스로 인정했다. 재미있지 않은가? 대기업 임원들이 대화 기술이나 공감 능력이 떨어진다는 사실이 말이다.

많은 리더들이 커뮤니케이션을 잘하고 싶어 하지만 뾰족한 스킬이 없다고 말한다. 스킬은 구체적인 행동으로 지식과 달리 습득하는 데 얼마간의 시간이 필요하다. 그리고 스킬을 능숙하게 구사하기 위해서는 반복적인 연습과 피드백이 요구된다. 따라서 리더들에게는 제대로 된 전략 기획이나 시스템만큼이나 구성원들과 제대로 소통할 수 있는 커뮤니케이션 능력이 필요하다.

전략이나 시스템이 똑똑한 조직을 만드는 데 기여한다면 건전한 소통 문화는 건강한 조직을 만드는 데 매우 중요하다. 그래서 그토록 많은 시간을 리더십 교육에 할애하고 유명 교수들을 불러 강의하지만 변화는 더디기만 하다. 리더십은 행동에서 비롯되고 행동은 능숙한 스킬을 필요로 한다. 그리고 능숙한 스킬은 반복과 피드백을 통해 습득되고 개선된다. 그러나 부하 직원 들은 상사의 기분을 상하게 하고 싶지 않기 때문에 건설적인 제안은 환영받지 못하는 어리석은 처사라고 생각한다. 사실 많은 고위급 임원들이 겉으로는 건설적인 비판을 장려하지만 실제로는 듣고 싶어 하지 않는 것이 현실이다. 이러한 이유로 많은 임원들이 직급이 높아질수록 건전한 비판이나 피드백을 받을 기회가 적어지고 본인의 수행 개선이나 성과 향상의 필요성을 덜 느끼게 된다.

결국 연말에 성과를 평가하는 시기가 돼서야 360° 다면 평가 등의 피드백에 나타난 본인의 리더십 스타일, 소통 방식, 대인관계 기술 등에서 구체적인 비판을 접하고 깜짝 놀란다. 심지어는 본인의 전략, 주요 전술적 의사 결정, 업무 수행 우선순위에 대해서도 비판을 받을 수 있다. 최악의 시나리오는 본인만 모르는 상태에서 이미 오래전부터 부하 직원들 사이에서 많은 비판과 우려가 광범위하게 논의되고 있었다는 사실을 뒤늦게야 알게 되는 경우다. 따라서 리더십을 개발하려는 사람들은 다양한 경험으로부터 학습해야 한다. 그중 첫 번째는 피드백을 얻을 수 있는 환경을 조성하는 것이다.

필자는 중견 간부 시절 리더십 교육 프로그램 중 무기명으로 진행하는 '360° 온라인 프로파일'을 통해 상사나 동료, 부하 직원 들로부터 본인의 리더십을 평가받아 본 적이 있다. 그 결과는 처참했다. 필자는 스스로를 꽤 괜찮은 리더라고 생각하고 있었다. 대부분의 평가 항목마다 내가 생각하는 리더십 점수와 그들이 생각하는 리더십 점수에는 상당한 틈gap이 있음을 알게 됐다. 그 후로 필자는 힘든 시기를 보내야 했지만 그때를 계기로 리더십에 대해 진지하게 고민하게 되면서 개인적인 노력과 주위의 도움으로 많은 변화와 성장이 일어났다. 그 사건은 필자에게 있어서 피드백의 중요성과 가치를 깨닫게 해준 고마운 계기가 되었다.

높은 지위에 오를수록 다른 사람들로부터 피드백을 받기란 쉽지 않다. 그럼에도 불구하고 관리자는 직원들로부터 피드백을 얻지 않으면 안 된다. 관리자가 자신의 리더십에 대해 객관적인 피드백을 제공받지 못한다면 정작 필요한 고언은 사라지고 결국 소통에 문제가 생기게 된다. 따라서 관리자는 함께 일하는 직원들로부터 피드백을 얻을 수 있는 환경과 분위기를 적극적으로 조성해야 한다.

그렇다면 관리자는 직원들로부터 어떻게 진실한 피드백을 얻을 수 있을까? 단순히 상대에게 피드백을 요청한다거나 개방적인 태도로 허심탄회하게 논의한다고 해서 손쉽게 얻을 수 있다고 생각한다면 큰 오산이다. 관리자가 얻을 수 있는 피드백은 대부분 자신의 행동이 조직 내에 어떠한 영향을 미치는지를 확인하는 것과 관련이 있다. 직원들로부터 지속적으로 피드백을 제공받는 데 실패한 관리자는 정기적인 설문조사를 통해 이 같은 정보를 얻을 수밖에 없다. 그리고 이러한 정보를 진심으로 수용하고 자신을 교정하는 태도를 보여줄 때 앞으로도 관련 정보를 획득하는 것이 한결 수월해진다. 관리자가 진심으로 직원들에게 피드백을 요청하고 이를 수용하는 모습을 보이지 않으면 진실한 피드백은 점점 더 멀어질 것이다.

관리자가 이러한 피드백을 제공받기를 원한다면 그 자신이 먼저 직원들에게 진심 어린 피드백을 지속적으로 제공해 줘야 한다. 만일 관리자가 직원들에게 그들에 대한 아무런 정보도 주지 않고 침묵하는 태도로 일관한다면 직원들도 관리자의 행동을 그대로 모방할 것이다. 반대로 관리자가 직원들을 진심으로 돕고자 하는 마음에서 조언한다면 그들 역시 관리자를 위해 진심 어린 피드백을 건네는 용기를 낼 것이다.

당신이 지금 리더의 위치에 있다면 한 번쯤 생각해 보라. 당신에게 진심 어린 피드백을 해 주는 누군가가 있는지 말이다. 만약 그런 사람이 있다면 당신은 비전이 있는 행복한 리더다.

Feedback Lessons

PART 8

효과적인
피드백을 위한 제안

피드백 문화를 조성하라

리더와 직원이 솔직하게 피드백을 주고받으려면 문화적으로 그것이 허용되어야 한다. 또한 코칭이나 멘토링에 상당 시간을 할애할 것인지를 결정하는 것도 바로 기업의 문화를 주도하는 경영진이나 CEO의 몫이다. 이런 문화는 조직 상층부의 결단력을 필요로 하다. 그러나 그러한 결단이 내려졌다고 해서 자유롭게 피드백하는 분위기가 짧은 시간 안에 형성되지 않는다. 조직의 문화로 자리 잡기까지 어느 정도 시간이 필요하다.

지금까지 다양한 분야에서 피드백이 중요한 역할을 한다는 것을 확인하였다. 하지만 대부분의 조직에서는 아직까지 활발한 피드백 문화가 조성되지 않은 것이 현실이다. 직원들은 당장 자신에게 가장 필요한 스킬이 무엇이며 성과를 향상시키는 최선의 방법이 무엇인지에 대한 조언을 듣기 어렵다.

일부 최고의 기업들은 공식적인 코칭 프로그램이나 멘토링 프로그램을 운영한다. 이런 기업들은 신중한 업무 배분과 대규모 인재 양성 프로그램을 통해 전반적인 인재 개발의 방향을 설정한다. 이런 기업들의 CEO들은 그 자리에 오른 비결을 묻는 질문에 자신을 이끌어 주고 도와준 멘토의 중요성을 언급한다. 대표적인 예로 월풀Whirlpool의 CEO 제프 페티그Jeff Fettig는 다음과 같이 말한다.

"오늘날 제가 이 자리에 있는 것은 코칭과 멘토링이 요즘처럼 유행하기 전에 제 사회생활 초반에 저를 도와준 몇몇 사람들의 힘이 큽니다. 그들의 조언 덕분에 발전할 수 있었으니까요."

코칭이나 멘토링과 떼려야 뗄 수 없는 것이 바로 피드백이다. 우리는 정확하고 시기적절한 피드백이 얼마나 중요한 역할을 하는지 충분히 살펴보았다. 하지만 아직까지 많은 조직에서 솔직한 피드백을 듣기란 거의 불가능하다. 이러한 조직에서 이루어지는 연례 평가는 매우 간단하고 형식적인 경우가 대부분이다. 직원들은 본인의 성과를 제대로 평가받지 못하고 발전 가능성도 적다.

이처럼 조직 내에서 진정한 피드백이 일어나지 못하도록 방해하는 것은 바로 조직의 관습과 문화다. 조직 문화의 힘은 막강하기 때문이다. 그러나 바꿀 수 없는 것도 아니다.

조직의 특성에 따라 다르게 피드백하라

만일 세 사람이 한 프로젝트를 함께 수행하고 있다면 피드백은 팀의 수행에 관한 것이라야 한다. 팀별, 조별, 영역별 그리고 부서별 피드백을 개인 피드백과 함께하는 것이 좋다. 다시 말해 항상 가능할 때마다 개인 피드백과 조직 피드백을 모두 줘라.

피드백 제공에서 가장 중요한 규칙은 개인 피드백은 개인적으로 제공되어야 하며 조직 피드백은 대부분 공개적으로 제공하는 것이다. 또한 조직 피드백은 그 조직의 특성에 따라 다르게 하는 것이 효과적이다.

『경영학 저널Academy of Management Journal』에 팀 창의성에 대한 흥미로운 연구가 실렸었다. 연구자들은 피드백의 유형에 따라 팀 창의성이 어떻게 달라지는지 확인하고자 하였다. 팀 창의성에 긍정적인 피드백이 더 효과적인지 부정적인 피드백이 더 효과적인지 궁금했던

것이다. 그리고 이러한 피드백 효과가 팀의 다양성 수준에 따라 다른
지 관심을 가졌다. 동일 직무를 수행하는 동질적인 팀과 TFT, 다기능
팀처럼 다양성이 높은 팀에 따라 효과적인 피드백이 다른지 또는 같
은지 확인하고자 한 것이다. 연구자들은 피드백이 팀 창의성에 미치
는 영향을 확인하기 위해 다음과 같은 실험을 설계하였다.

참가자들은 가상의 과제를 부여받는데 극장 직원으로서 창의적인
극장 운영 계획을 수립해야 한다. 팀은 세 명으로 구성되고, 동질적
인 팀에는 과제 수행과 관련된 자료가 모두에게 공유되었다. 반면 다
양성이 높은 팀에는 참가자에게 예술 감독, 행사 관리자, 재무 관리자
등 차별적인 역할을 부여하고 자료 일부는 모두에게 공유되었지만,
다른 일부는 특정 역할에만 제공되었다.

과제 완성을 위해 총 30분이 주어지고 과제를 시작한 지 10분 후에
중간 산출물을 수거한 후 평점을 매겨 피드백을 제공하였다. 피드백
은 조작된 것으로 부정적인 피드백 조건에는 낮은 백분위 순위참신성
20%, 유용성 30%, 창의성 25%를 전달하고, 긍정적인 피드백 조건에는 높
은 백분위 순위참신성 70%, 유용성 80%, 창의성 75%를 전달하였다. 이후
피드백에 따라 과제 수행과 최종 산출물이 어떻게 달라지는지 측정
하였다.

측정 결과 동질적인 팀과 다양성이 높은 팀 간에 창의성의 차이는
보이지 않았다. 다만 팀의 유형에 따라 창의성을 촉진하는 기제는 다
른 것으로 나타났다. 동질적인 팀은 긍정적인 피드백을 받은 후 보다

창의적인 운영 계획을 수립하였다. 반면 다양성이 높은 팀은 부정적인 피드백을 받은 후 더 창의적인 계획을 구축하였다. 그리고 동질적인 팀은 긍정적인 피드백을 받은 후 아이디어를 더 활발하게 생성하였지만 부정적인 피드백은 정보를 정교화하는 활동을 저하시켰다.

다양성이 높은 팀은 부정적인 피드백을 받은 후 정보를 더 정교화하고 보다 활발히 아이디어를 생성했지만 긍정적인 피드백은 오히려 정보 정교화를 감소시켰다. 피드백 자체는 팀 창의성에 직접적인 영향을 미치지 않으며 정보 정교화, 아이디어 생성 등 팀의 정보 처리 행동을 통해 팀 창의성에 영향을 미치는 것으로 나타났다.

그렇다면 왜 팀의 유형에 따라 효과적인 피드백이 다른 것일까? 여러 연구에서 부정적인 피드백은 전략 수립을 촉진하고 주어진 과제와 자원에 대해서 보다 꼼꼼하게 따지게 만드는 것으로 나타났다. 이런 결과에 비추어 다양성이 높은 팀이 부정적인 피드백을 받으면 자신이 보유한 정보를 보다 주의 깊게 따져보고, 더 공유하게 만들어 흩어져 있던 정보들이 통합, 정교화되어 창의성이 촉진된다고 연구자들은 설명한다. 반대로 긍정적인 피드백은 지금의 수행이 충분하다는 증거로 작용하기 때문에 더 많은 노력을 들이는 것을 차단한다고 볼 수 있다.

반면 동질적인 팀은 정보, 관점을 공유하기 때문에 새롭게 내놓을 수 있는 정보가 한정되어 있다. 그래서 부정적인 피드백은 더 활발한 논의를 촉진시킨다기보다는 '우리가 가진 정보, 아이디어가 좋지 않다'라고 받아들여져 사기 저하를 유발하고 논의, 아이디어 제시 등을 위축시키는 것으로 해석된다. 하지만 긍정적인 피드백은 '잘하고 있다'라는 지표가 되기 때문에 더 활발하게 의견 제시 즉, 확산적 사고를 촉진하여 창의성을 발휘하게 만드는 것으로 보인다.

일부 리더들은 "창의성도 쪼면 다 나오게 되어 있다"라고 말한다. 그런 리더들의 주장은 경험에 기반한 실전 기술일까?, 자신이 악질 리더라는 자백일 뿐일까? 만약 이렇게 말한 리더가 각 개인이 가진 정보를 더 공유하게 하고 도출된 대안을 더 꼼꼼하게 평가하도록 '쪼았다'면 그의 말은 사실일 것이다. 하지만 산출물을 일방적으로 저평가하며 직원들의 효능감을 낮추는 방향으로 쪼았다면 그것은 그의 착각이었을 것이다.

실험 결과를 조직 상황에 적용할 때에는 주의를 기울여야 한다. 실험에서 부정적인 피드백은 하나의 정보로 작용하여 더 많은 노력을 이끌어냈다. 하지만 조직에서 무조건 부정적인 피드백을 제공하면 직원의 수행을 저평가하는 리더의 성향, 조직의 풍토로 인식되어 부작용이 발생할 위험이 크다. 부정적인 피드백이 팀 창의성에 영향을 미친 것은 부정적인 피드백 그 자체가 아니라 해당 피드백이 정보 정교화, 아이디어 생성 등 팀의 정보처리 행동을 촉진했기 때문임을 놓쳐서는 안 된다. 그러므로 조직의 특성에 따라 다르게 피드백하는게 중요하다.

실패하지 않는
피드백 방법
4가지

피드백은 조직의 성과 향상을 위한 강장제쯤으로 여겨지고 있는 추세지만 사실상 피드백을 두려워하는 사람들도 많다. 피드백을 받는 일이 즐거운 것만은 아니기 때문이다.

대부분의 사람들에게 피드백이란 단어의 의미는 '피드백을 받는 사람의 능력을 판단하는 일' 정도로 이해된다. 그래서 피드백을 받는 사람은 상대방의 부정적인 평가를 피하기 위해 방어벽을 만들기도 한다. 피드백을 제공하는 사람은 마치 심한 잔소리쟁이 부모처럼 여겨져 피드백하기를 주저하게 된다.

그러나 거듭 강조하지만 피드백은 다른 사람의 능력이나 인격에 대한 판단이 되어서는 안 된다. 그보다는 훌륭한 업무 성과에 대한 인정이나 업무 개선 방법에 대한 제안으로 행동과 결과에 대한 객관적인 메시지를 제공해야 한다. 또한 피드백의 목표는 피드백을 제공받는 사람이 학습과 성장 그리고 변화를 통해 목표를 향해 전진하도록 하는 데 있다.

　다음은 피드백 방법을 잘 모르던 어느 팀장의 사례다.

　필자에게 코칭을 요청한 J라는 여사원은 필자의 "고생이 많지요"라는 한마디에 그만 울음을 터뜨리고 말았다. 이 여사원은 입사한 지 3개월 차에 접어들고 있었고 일 년 정도 경력이 있었다.

　그녀는 팀장으로부터 월간 실적에 대한 비교적 간단해 보이는 분석 보고서 작성을 지시받았다. 일주일간의 자료 수집 행동을 거쳐 작성된 보고서는 팀장에게 보고되었고 보고서를 읽은 팀장은 J를 불렀다. 보고서가 마음에 들지 않았던 팀장은 그녀에게 "J 씨는 일에 대한 의욕이 없는 것 같아. 일을 진행하는 중간에 물어보고 해야지. 이건 내가 생각했던 보고서가 아니잖아!"라고 피드백을 했다.

　팀장은 다시 할 것을 요구했고 둘은 불편해졌다. 활발했던 J는 팀 내에서 눈치를 보기 시작했고 의욕도 많이 떨어졌다고 했다.

　코칭 행동에서 이를 알게 된 필자는 J에게 피드백 행동에서 무슨 일이 있었는지 질문했고 그녀는 다른 말들은 받아들일 수 있으나 "일에 대한 의욕이 없는 것 같다"라는 말은 난생처음 들어봤으며 자신에게 큰 상처가 됐다고 했다.

　이는 그 팀장이 피드백하는 방법을 잘 몰라서 벌어진 일이다. 그만큼 피드백을 할 때는 방법이 중요하다. 방법이 잘못되었다면 아무리 내용이 좋은 피드백이라 할지라도 상대에게 좋은 영향을 미치기 어렵다. 혹은 관리자의 의도가 직원을 진심으로 생각하는 마음에서 비롯되었다 해도 제대로 된 피드백의 원칙과 방법에서 벗어닌다면 직원들로 하여금 오해와 불만만 쌓이게 하는 결과를 가져올 수도 있다.

피드백에 관한 고도의 훈련을 받은 관리자들은 이런 식으로 하지 않는다. 하지만 그들 역시 가까운 사람에게 파괴적이거나 부정적인 피드백을 제공하는 것에 대해 별로 인지하지 못하는 실수를 범하기도 한다. 일반적인 관계에서 경청과 질문이 중요하듯이 피드백 역시 그러하다. 그렇다면 보다 성공적인 피드백, 실패하지 않기 위한 피드백 방법에는 어떤 것이 있을까? 자세히 소개하면 다음과 같은 것이 있다.

적당한 시점에 피드백하기

대화가 진행되는 동안 직원의 말을 가로막고 피드백하는 것이 아니라 직원의 말을 충분히 경청한 다음 이야기를 마쳤을 때 하도록 한다. 만약 직원의 말을 중간에 끊고 자신이 할 말을 한다면 그것은 피드백이 아니라 일방적인 설교에 불과하다.

관리자는 직원이 군이 피드백이라는 용어를 사용하지 않더라도 직원의 말이나 표정, 제스처를 통해 피드백을 필요로 하는 순간을 간파하고 그때 피드백하는 것이 바람직하다. 즉, 피드백을 하기에 가장 좋은 시점은 직원이 관리자에게 피드백을 요구하는 순간이다. 신뢰 관계가 구축되어 있을 때는 직원에게 미리 피드백을 예고하거나 필요하면 언제든지 피드백을 요구해도 좋다고 말해 줘라.

피드백과 함께 격려하기

피드백을 제공할 때 상대가 잘한 것은 칭찬하고 잘 된 것은 축하해 주도록 한다. 또한 잘하지 못한 것은 격려해 주고 잘되지 않은 것은 위로해 주어야 한다. 이때 관리자는 직원의 감정 상태를 공감해 주려는 노력이 필요하다. 직원들이 실수한 것에 대한 후회나 자책감을 가질 때 관리자가 책임을 묻기보다는 따뜻하게 격려해 준다면 직원들은 같은 실수를 반복하지 않기 위해 노력할 것이다. 그리고 관리자를 신뢰하고 존경하게 된다.

자기 경험 공유와 공감하기

관리자가 직원들과 대화하는 도중 그들과 비슷한 경험을 했던 기억이 떠오른다면 직원들의 심정을 보다 잘 이해하게 될 것이다. 관리자가 자신의 경험을 지나치게 많이 이야기하는 것은 자기중심적으로 비칠 수 있어 바람직하지 않다. 그러나 관리자 역시 직원들과 비슷한 경험이 있음을 짧게 내비치는 것은 그들로 하여금 동질감을 느끼게 하고 마음을 좀 더 열어 상대의 이야기에 귀를 기울이는 계기가 될 수도 있다.

동의 구하기

관리자는 직원들에게 피드백하기 전에 피드백하게 될 시간, 내용, 방향 등에 대해 사전에 동의를 구하는 것이 좋다. 이는 '동의'라기보다 '허락'이라고 표현하는 것이 더 맞다. 직원이 관리자에게 피드백을 허락한다는 것은 그만큼 관리자에 대해 열려 있다는 뜻이다.

허락에는 명시적인 허락과 암시적인 허락이 있다. 명시적인 허락은 관리자가 피드백에 대한 허락을 구하는 물음에 흔쾌히 "예"라고 대답하는 것이다. 한편 암시적인 허락은 직원이 관리자로부터 무엇인가 듣고 싶은 말이 있어 비언어적 눈빛, 손짓, 제스처 등인 신호를 보내는 것이다. 관리자가 암시적인 메시지를 인지하는 능력이 있다면 직원들의 암시적인 허락을 감지할 수 있을 것이다.

효과적인
피드백을 위한 방법
9가지

효과적인 피드백에 대한 많은 연구들이 행해졌고 이러한 연구들을 통해 성공적인 피드백을 위한 구체적인 지침들이 마련되었다. 이러한 지침들을 잘 활용하면 관리자들에게 피드백이 훨씬 덜 성가신 일로 여겨지고 직원들에게도 많은 도움이 될 것이다.

연례 평가 때만 피드백하지 마라

많은 관리자들이 연례 평가 때만 형식적으로 피드백하는 실수를 저지른다. 그러나 평가 시점까지 피드백을 미루는 것은 학습과 변화라는 기본 원칙에 위배되는 것이다. 피드백은 해당 상황이 발생한 시점에서 가장 가까운 시기에 이루어져야 한다.

예를 들어 어떤 직원이 하는 일이 불만족스럽다면 그에게 그러한 사실을 그 자리에서 즉시 알려야 한다. 이는 성과에 대한 인정이나 칭찬을 할 때도 마찬가지다.

추측하지 마라

사람들은 대개 비판보다는 칭찬받는 것을 더 좋아한다. 그러나 직원들이 업무 수행과 관련해서 관리자로부터 조언을 받거나 새로운 기술을 습득하거나 수행 방법을 개선하는 데 별로 관심이 없을 것이라고 함부로 추측해서는 안 된다. 직원들이 어떻게 하면 자신의 업무 수행 능력을 향상시킬지 고민하는 것은 당연한 일이다. 일을 더 잘하게 되면 성취감과 자긍심도 그만큼 높아지기 때문이다.

성과가 만족스럽다면 즉시 피드백하라

직원들은 관리자가 자신의 업무 수행을 만족스러워하고 관리자가 자신의 업무 수행을 돕고 있다는 믿음이 있을 때 비로소 관리자가 요구하는 개선의 필요성을 쉽게 받아들인다.

직원들이 조직에 기여한다는 사실을 인정받고 있다는 믿음을 갖기 위해서는 때때로 관리자로부터 "잘했어!", "훌륭해!"와 같은 평범한 칭찬 이상을 필요로 한다. 직원들의 입장에서 관리자의 칭찬과 평가를 진심에서 우러나온 것으로 받아들이려면 "자네가 작성한 보고서는 설득력이 뛰어나. 특히 그 부분이 좋았어. 어떤 부분이냐면 말이야……"와 같이 잘한 부분을 사실에 기초해서 구체적으로 인정해야 한다.

칭찬이 구체적이면 그것이 형식적이라는 느낌은 사라진다. 이러한 피드백은 단지 직원들에게 잘 보이려 하는 것과는 다른 인상을 준다. 직원들이 계속해서 잘해 주기를 바라는 부분을 피드백하는 것도 효과적이다. 마찬가지로 개선해야 할 점을 피드백할 때도 즉시 피드백하는 것이 중요하다.

사실적인 상황만 평가하고, 부정적인 감정은 자제하라

긍정적인 내용의 피드백과 개선의 필요성에 대한 피드백은 모두 사실에 기반해야 한다는 공통점이 있다. 긍정적인 측면에 대해 피드백할 때는 긍정적인 평가를 수반해야 할 필요가 있다. 그리고 개선점을 지적할 때는 부정적인 감정을 자제하는 것이 바람직하다. 예를 들면 "정말 엉망이다"라는 식으로 말해서는 곤란하다. 그보다는 "이렇게 하는 것보다는 다른 방법으로 하는 게 좋을 것 같은데"라고 부정적인 감정을 자제하고 희망적인 대안을 제시하는 것이 훨씬 더 효과적이다. 조금만 노력하면 만족스러운 성과를 낼 수 있는 직원에게 "왜 이렇게밖에 못하는 건가?", "아마추어 같으니라고", "자네 수준이 이 정도였나?"라고 비난하는 것은 절대 금물이다. 이미 좋지 않은 상황으로 인해 낙담하고 있을 직원에게 안 좋은 평가까지 곁들인다면 상대는 모욕감을 느껴 잘해 보겠다는 의욕마저 잃게 된다.

업무와 관련된 행동에만 초점을 맞춰라

일부 관리자들은 직원들의 업무 성과나 조직의 성공과는 전혀 관련이 없는 직원들의 개인적인 특성이나 사적인 일에도 지나칠 정도로 참견한다. 심지어 직원들의 복장에 대해서도 사사건건 트집을 잡는다. 사실 직원들의 개인적인 특성이나 행동, 생활 방식 등은 관리자가 전혀 상관할 바가 아니다. 이런 것들에 대해 일일이 간섭하다가는 관계가 틀어져 정작 직원들의 업무 수행이나 성과 달성과 관련해 악영향을 미치게 된다.

유능한 관리자라면 이처럼 쓸데없는 감정 소모에 열을 올리는 대신에 업무에 심각하게 영향을 미치는 요인들에만 집중하도록 노력해야 한다.

양방향 커뮤니케이션을 실천하라

직원을 가르치려 들기 전에 무엇이 문제인지, 어떻게 하면 그 문제를 해결할 수 있을지 함께 논의하는 것이 합리적이다. 다만 직원이 업무를 맡은 지 얼마 되지 않아서 그와 같이하는 것이 별로 의미가 없을 때에는 생략해도 된다. 또한 관리자가 어떻게 조치해야 하는지에 관해 절대적인 확신이 있고 직원도 관리자의 뜻에 전적으로 동의할 경우 직원들을 문제 해결 행동에 참여시킬 필요는 없다. 이런 상황에서 관리자가 원하는 것을 분명히 말해 주지 않고 직원들을 대화에 참여시킬 경우 직원들은 오히려 관리자의 의도를 오해할 수도 있다.

이처럼 예외적인 경우를 제외하고는 직원들과 대화할 때 그들의 의견을 진심으로 묻고 이야기를 경청해야 한다.

피드백은 개선을 위한 행동임을 기억하라

당신이 직원에게 새롭게 기대하는 행동은 직원의 입장에서 실행이 가능해야 한다. 그러나 직원들은 그 밖에도 처리해야 할 업무들이 산적해 있거나 그 일에만 집중할 수 있는 상황이 아닐 수도 있다. 관리자로서 직원에게 요구하는 행동이 너무 많게 되면 그들은 망연자실한 나머지 아무 일도 하지 못하거나 피상적으로 일하게 된다. 따라서 당신이 생각하기에 가장 중요하면서도 시급한 문제에 초점을 맞춰 한 번에 한두 개 정도만 개선하도록 당부하는 것이 좋다. 특히 직원의 입장에서 실행 가능성이 높고 성과에 가장 큰 영향을 미치는 행동을 중심으로 정하도록 한다.

지속적으로 강화하라

피드백을 제공한 후에도 지속적으로 진행 상황을 파악해야 한다. 즉, 수행이 제대로 이루어지고 있는지, 결과는 어떠한지, 무언가 미진한 점은 없는지, 지원이나 도움이 필요한 부분은 없는지 계속해서 관찰해야 한다. 이 행동에서 관리자는 직원들이 이룬 변화에 대해 다시 피드백할 기회를 얻게 되고 직원들의 훌륭한 수행이나 개선 행동을 더욱더 강화하게 된다.

명확한 분야만 피드백하라

직원들에게 피드백할 때 부정확하거나 어설퍼서는 안 된다. 직원들은 이러한 피드백에는 귀를 기울이지 않는다. 최근 젊은 세대들은 자신이 스스로 설득되지 않으면 좀처럼 움직이지 않는 특성을 보인다. 따라서 관리자는 피드백을 제공할 때 능숙한 분야의 정확한 지식으로 무장한 채 겸손하고 정직한 자세로 임해야 한다.

최고의
피드백은
'자기 조절'

자기 조절은 사람들이 자신의 행동을 점검하고 목표 달성을 위해 특정 행동을 의식적으로 조정하는 것을 말한다. 자기 조절의 핵심은 목표를 설정하고 계획하며 그 목표를 달성하고자 노력하고 달성된 목표를 수정하며, 피드백에 주의를 기울이는 일련의 활동 속에서 찾아볼 수 있다.

예를 들면 흡연자들이 금연을 시도하는 모습을 본 적이 있을 것이다. 그들은 더 이상 담배를 구매하지 않고 다른 흡연자들과의 접촉을 피한다. 만약 이러한 자기 조절 행동이 성공적이어서 금연이라는 목표를 달성한다면 그들은 스스로를 칭찬하거나 보상하는 의미로 흡연을 대신해 만족감을 가져다줄 만한 대안을 찾게 된다.

자기 조절에는 수많은 행위가 포함되는데 그중 몇 가지가 이 책의 논의 주제와 밀접한 관련이 있다. 뉴욕 시립대학 교수 배리J. 짐머맨

Barry J. Zimmerman과 그의 동료들이 자기 조절 행위에 대해 광범위하게 연구한 결과 신중하게 계획된 연습의 특성들이 자기 조절의 핵심 구성 요소인 것으로 밝혀졌다. 효과적인 자기 조절은 어떤 일을 하기 전에, 하는 도중에 그리고 끝난 후에 하는 것이다.

앞서 언급한 앤더스 에릭슨의 '신중하게 계획된 훈련'을 제프 콜빈 Geff Colvin은 일명 '위대한 성과의 원리'라고 표현했다. 그리고 이것을 비즈니스에 적용하는 방법을 자기 조절 이론을 통해 다음과 같이 제시하고 있다.

사전 작업

자기 조절의 시작은 목표 설정이다. 목표라고 해서 거창한 인생 목표를 말하는 것이 아니라 단지 그날 할 일을 정하는 식의 당면 과제를 말한다. 연구 결과에 따르면 업무 실적이 가장 저조한 사람들은 전혀 목표를 세우지 않고 하던 일을 그대로 답습하는 것으로 나타났다. 중간 정도의 실적을 나타내는 사람들은 '더 많은 주문을 따내자', '수익을 창출하자', '새 프로젝트를 제안하자'와 같은 일반적이고 단순한 목표를 세웠다. 그리고 최고의 성과자들은 결과에 초점을 맞추는 것이 아니라 행동에 초점을 맞춘 목표를 세웠다.

예를 들어 단순히 주문을 따내겠다는 목표 대신 고객들의 진짜 니즈needs를 알아내는 어려운 과업을 목표로 삼았다. 이것은 신중하게 계획된 훈련의 첫 단계와 무척 흡사하다. 하지만 정확하게 일치하지는 않는다. 일단 여기서는 연습을 설계하지 않는 대신 그날 할 일을 정한다. 하지만 최고의 성과자들은 그러한 목표를 실행할 때 마치 피아노 연주자가 특정 소절을 집중해서 연습하듯이 자신이 목표로 한 수행을 향상시키는 데 집중한다.

목표를 설정한 다음에는 목표 달성 방법을 구상한다. 그들은 이 단계에서도 특정한 기술에 초점을 맞춰 계획을 구체적이고 명확하게 세운다. 어느 하나 대충 넘어가지 않고 모든 세부 사항을 계획하는 것이다. 이들의 목표가 고객들의 진짜 니즈를 파악하는 것이었을 때 그들의 첫 번째 당면 과제는 고객의 목소리에 귀를 기울여 단서가 될 만한 사항들을 찾아내거나, 적절한 질문을 통해 고객이 직접 이야기하도록 유도하는 것이다.

사전 작업에서 중요한 것은 태도와 신념이다. 목표를 달성하기 위해 매일매일 해야 할 일을 계획하기는 힘들다고 생각할지도 모른다. 사실 그렇기는 하다. 계획한 것을 꾸준히 실천하기 위해서는 강력한 동기부여가 뒷받침되어야 한다. 그렇다면 그러한 동기부여는 어디서 비롯되는 것일까? 최고의 성과자들은 자신의 실행 능력에 대한 자신감 즉, 학자들이 자아효능감self-efficacy이라고 부르는 자기에 대한 강한 신념을 바탕으로 자신이 계획한 일들을 꿋꿋이 해 나간다. 또한 그들은 자신이 한 일에 반드시 보상이 따를 것이라고 확신한다.

일하는 도중

최고의 성과자들이 업무를 수행하는 동안 사용하는 가장 핵심적인 자기 조절 기술은 자기 관찰self-observation이다. 예를 들어 평범한 마라톤 선수들은 경기 중에 달리기가 아닌 다른 일을 생각하는 경향이 있다. 너무 고통스러운 나머지 주의 집중을 다른 데로 돌리는 것이다. 반대로 최상위 선수들은 무시무시할 정도로 자기 자신에게 집중한다. 특히 호흡과 발걸음까지 확인하면서 일정 비율을 유지한다.

정신 노동에도 같은 원리가 적용된다. 최고의 성과자들은 최고의 마라톤 선수들처럼 자기 자신을 치밀하게 관찰한다. 그들은 사실상 외부 관찰자처럼 자기 마음속에서 일어나는 일들을 감시하고 그 안에서 일어나는 일들에 대해 스스로에게 질문을 던진다. 즉, 학자들이 상위 인지metacognition라고 부르는 이 능력은 자신이 현재 무엇을 하는지 파악하고 스스로에게 자기 생각에 대해서 말한다. 이들은 다른 사람들보다 훨씬 더 체계적으로 그리고 일상적으로 상위 인지를 활용한다.

상위 인지가 중요한 이유는 그것이 끝까지 유지될 때 상황을 변화시키기도 하기 때문이다. 즉, 상위 인지는 변화무쌍한 환경에 적응하는 데 상당히 중요한 역할을 한다. 어떤 협상 상황에서 상대가 예상치 못한 문제를 제기했을 때 뛰어난 사업가라면 잠깐 생각을 멈추고 자신의 정신 행동을 객관적으로 관찰하면서 다음과 같은 질문을 던질 것이다.

'내가 저 사람의 의도를 제대로 파악하고 있나?'

'나는 지금 화가 난 걸까? 감정적으로 대처하고 있지는 않은가?'

'전략을 바꿔야 하나? 그렇다면 어떤 전략을 세워야 하는가?'

또한 상위 인지는 그것을 발휘하는 사람으로 하여금 서서히 전개되는 상황에서 연습할 기회를 발견하게 해 준다. 이들은 자신의 생각을 관찰하면서 다음과 같이 자문할 것이다.

'이런 상황에서는 어떤 능력이 필요한가?'

'그 능력은 어떤 식으로 도움이 되는가?'

'좀 더 밀어붙일 수 있을까? 그러려면 어떻게 해야 할까?'

이처럼 상위 인지 능력은 어떤 일을 하는 동시에 그 일을 연습할 수 있게 해 준다.

사후 작업

결과에 대한 피드백이 없으면 연습은 헛일이 된다. 마찬가지로 사후 평가를 하지 않으면 업무 중에 발견한 연습 기회는 아무 소용 없다. 사후 평가는 자기평가 형태를 띤다.

뛰어난 성과자들이 스스로를 평가하는 방식은 보통 사람들과 다르다. 그들은 목표를 정하고 전략을 세울 때처럼 매우 구체적으로 접근한다. 평범한 사람들은 '아주 잘했어' 또는 '그 정도면 괜찮아' 정도의 평가에 그치는 반면, 최고의 성과자들은 목표와 기준을 명확히 정하고 그에 따라 평가한다. 예를 들어 지금껏 자신의 최고 성과와 비교할 수도 있고 경쟁자 아니면 해당 분야의 최고 성과와 비교할 수도 있다. 어떤 식이라도 상관없다.

신중하게 계획된 훈련에서는 현재 자신의 한계를 뛰어넘는 데 도움이 될 만한 비교 대상을 선택한다. 이때 기준이 너무 높으면 의지가 꺾이고 너무 낮으면 진전을 보이지 못한다. 이 점을 유념하기 바란다.

스스로 충분히 분발하고 그 결과를 냉정하게 평가했다면 자신이 저지른 실수도 찾아낼 수 있다. 자기평가에서 가장 중요한 부분은 실수의 원인을 찾아내는 것이다. 평범한 사람들은 '상대가 운이 좋았어', '나한테는 무리였어', '나는 재능이 없나 봐'라는 식으로 그 원인을 외부에서 찾는다. 반대로 최고의 성과자들은 자기 자신에게 책임을 묻는다. 이것은 결코 성격이나 태도의 차이가 아니다. 이들이 기술 향상에 초점을 맞춘 구체적인 목표와 전략을 세우고 그 방법에 대해 철저히 고민한다는 사실을 기억해 보라. 이들은 자신이 시도한 일에 실패하면 그 원인을 자신의 행동에서 찾는다.

사후 작업의 마지막 단계는 그때그때 변화된 상황에 맞춰 행동 방식을 재조정하는 것이다. 당신은 이미 팀 미팅이나 증권 거래소 업무, 분기별 예산 검토, 고객 방문 등 다양한 업무 경험을 했다. 또 어떤 목표를 달성하고 무엇을 향상시켜야 할지에 대해서도 고민했다. 하지만 당신의 업무는 평상시와 다를 바가 없다. 이제 당신은 어떻게 할 것인가?

당신의 경험은 완벽하지 않다. 업무 상황은 시시때때로 변화하고 미처 예상치 못했던 일들이 계속해서 발생한다. 그때마다 주변 사람들에게 피드백을 요청할 수는 없는 노릇이다. 이럴 때 평범한 사람들은 그 상황을 회피한다. 당연한 반응이다. 이들은 예상치 못한 상황에 대처하는 방법이나 그때 시도하게 될 행동이 목적 달성에 미칠 영향에 대해 진지하게 생각해 보지 않았기 때문이다. 따라서 이들은 문제가 생기면 스스로 통제할 수 없는 불확실한 외부의 힘을 탓한다. 그 결과 다음에 유사한 상황이 반복된다 하더라도 어떤 방식으로 대처하고 더 잘 적응할지에 대한 단서를 전혀 찾을 수 없다. 그들은 또다시 그 상황을 회피할 것이다. 즉, 이들에게는 성과를 향상시킬 수 있는 기회가 주어지지 않는다.

반면에 탁월한 성과자들은 이런 경우에 상황에 맞게 행동 방식을 재조정한다. 그들은 이제 처음과 전혀 다른 행동을 거치고 있기 때문에 그 상황에 어떻게 적응할지 올바른 판단을 내릴 수 있다. 즉, 이번 경험을 통해 다음번에 더 나은 성과를 올릴 수 있는 유용한 교훈을 얻었다면 실제로 다음번에는 더욱더 잘해낼 가능성이 크다. 이처럼 탁월한 성과자들이 특정 상황을 회피하기보다 오히려 그 상황을 적극

PART 8
247

활용해 연습의 기회로 삼는다는 사실은 예상하기 어렵지 않다.

　더불어 그들이 왜 사전 작업 단계에서 살펴본 특성과 태도로 업무에 임하는지 이해할 수 있다. 본질적으로 그들의 경험은 명확한 목표와 전략을 위한 시험대나 마찬가지다. 따라서 그들의 업무 접근 방식은 보다 전략적이며 자기 성과에 대한 분석 기준은 보다 명확하다. 그만큼 자기 방식의 효율성에 대한 믿음이 크다. 이러한 확신은 자기 강화 주기self-reinforcing cycle에 가속도를 붙이는 데 결정적인 동기를 제공한다.

Feedback Lessons

PART 9

고수의 피드백

스승이
누구냐에 따라
삶이 달라진다

필자는 나이 마흔에 가족들의 만류에도 불구하고 잘 다니던 직장을 그만두었다. 사실 직장을 그만두고 혼자서 독립하고 싶은 마음도 있었지만 용기가 없었다. 그런데 마흔에 옮긴 직장은 나의 기대를 완전히 빗나갔다.

뾰족한 수가 없었던 나는 어쩔 수 없이 새 직장에 적응하며 다녀야 했다. 그때 처음으로 월요일이 힘들다는 생각을 해보았다. 혼란과 방황은 계속되었는다. 그리고 나를 더욱더 힘들게 했던 것은 주변에 조언을 구할 만한 스승이나 인생 선배가 단 한 명도 없다는 사실이었다. 초고속 승진과 높은 연봉을 좇으며 앞만 보고 달려온 결과였다.

지푸라기라도 잡고 싶은 절박함에 '5천만의 꿈'이라는 단식을 병행하는 3박 4일간의 워크숍에 참석했다. 인생 고수 구본형 선생과의 인연은 그렇게 시작됐다. 그는 나도 잘 모르던 나의 잠재력과 강점을 알아보았다. 그리고 홀로 설 수 있도록 내 손을 잡아 주었다. 그때 나는 처음으로 '진짜 꿈'을 생생하게 그려 보게 됐다.

10년이 지난 지금 그때의 꿈은 모두 현실이 되었다. 다음은 그가 평상시에 자주 하던 말이다.

"나는 평범한 인간 속에 살고 있는 위대함에 열광한다. 자신의 삶 속에서 그 위대함을 끄집어내어 훌륭한 인생을 살아가게 될 평범한 사람들의 잠재력에 몰두한다. 나는 평범하고 초라한 사람들이 어느 날 자신을 일으켜 세우는 위대한 순간을 목격하고 싶다. 나도 그들 중 한 사람이고 싶다. 그들이 꽃으로 피어날 때 그 자리에 있고 싶다. 이것이 내 직업이 내게 줄 수 있는 가장 아름다운 풍광이다."

그의 제자들은 그를 '사부'라 부른다. 그는 지금 비록 우리 곁을 떠났지만 그가 남긴 말들은 우리들의 가슴속에 오래도록 남아 있다. 그는 아낌없이 주는 한 그루 나무 같았다.

지나고 보면 스승이 없는 것이 아니라 스승을 알아보는 현명한 내가 없었다. 내가 어리석었기에 스승을 알아보지 못했던 것이다. 배우겠다는 겸손한 자세로 찾다 보면 언제 어디서나 스승을 만날 수 있었을 텐데 말이다.

전미대학농구선수권대회에서 UCLA 팀을 10차례나 우승으로 이끌고 감독 생활 동안 664승 162패로 승률 80.4%를 기록한 미국 대학농구의 전설적인 감독 존 R. 우든John Robert Wooden은 그의 성공 비결을 훌륭한 스승들 덕분이라고 했다.

그는 늘 스승을 찾아 나섰다. 고등학교와 대학교 시절 만난 두 명의 스승을 통해 농구 기술에 대해서는 누구보다도 체계적으로 알고 있었지만 그는 한시도 스승을 찾는 노력을 게을리하지 않았다.

고수들의 한마디와 고수들의 질문은 엄청난 힘을 주는 피드백이다. 평범한 원석도 고수의 손을 거치면 보물이 된다. 다음은 구본형 변화경영연구소 연구원 출신인 작가 홍승완 씨가 자신이 운영하는 브런치https;//brunch.co.kr에 올린 글이다.

"스승이 누구냐에 따라 삶이 달라진다. 비범한 인물 뒤에는 훌륭한 스승이 있다. 철학자 플라톤Platon에게는 소크라테스Socrates라는 스승이 있었고, 플라톤 또한 스승이 되어 아리스토텔레스Aristoteles라는 걸출한 제자를 키워 냈다. 조선 실학의 최고봉 다산 정약용茶山 丁若鏞은 성호 이익星湖 李瀷을 '우리가 능히 천지가 크고 일월이 밝은 것을 알게 된 것은 모두 이 선생의 힘'이라며 존경하여 사숙私淑했고, 음악을 늦게 시작한 작곡가 이고르 스트라빈스키Igor Stravinsky 뒤에는 림스키코르사코프Rimsky-Korsakov라는 '아버지 같은 스승'이 있었다. 인간 승리의 대명사로 많은 존경을 받는 헬렌 켈러Helen Keller 곁에 앤 설리번Anne Sullivan 선생이 없었다면 그녀의 고귀한 삶도 없었을지 모른다."

누구에게나 스승이 필요하다. 내게도 스승이 있다. 변화경영 전문가 구본형 선생. 나는 그를 사부師父라 부른다. 선생이라는 호칭에 내마음을 담을 수 없어 자연스럽게 나온 표현이다. 그와 15년을 함께했다. 책으로 처음 만났고 몇 년 후 직접 만나 사제의 연을 맺었다. 그를 통해 내 꿈과 재능을 발견하고 핵심 가치에 충실한 삶의 모습을 생생하게 관찰할 수 있었다. 우리는 함께 공부하고 여행하고 술을 마시고 책을 썼다. 사부는 내 안의 잠재력을 비추는 맑은 거울이었고 내가 원하는 삶을 상상할 수 있도록 하는 구체적인 질문이었으며 삶의 방향성 정립을 도와주는 밝은 등대였다.

사부는 2013년 4월 세상을 떠났다. 더 이상 만날 수 없지만 그는 내마음속에 살아 있다. 나는 이제 그를 '마음속 스승'이라 부른다. 내가 '마음속 스승'이라는 주제로 글을 쓰고자 하는 이유는 나 스스로 역할 모델과 스승의 중요성을 체험했기 때문이다. 마음속 스승을 찾아선 사람은 사람에 의해 바뀌고 사람을 통해 성숙한다. 스승은 한 사람의 삶에 지대한 영향을 미칠 수 있다. 내가 자신만의 역할 모델을 찾아서 깊이 배워야 한다고 믿는 이유다.

그대에게 영감을 주는 스승을 찾으세요.
스승 안에 그대가 있고

그대 안에 스승이 있습니다.

그를 관찰하고 모방하고 힘껏 배우세요.

그러면 스스로 바로 설 수 있습니다.

새로운 인생이 펼쳐집니다.

패턴 읽기와
복기

패턴 읽기

바둑이나 장기 또는 체스의 고수들은 패턴 인식과 형성에 능한 사람들이라는 연구 결과가 이미 1960년대에 나왔다. 인공지능의 창시자인 미국 카네기멜론 대학의 허버트 A. 사이먼Herbert Alexander Simon 교수는 그의 명저『인공 과학의 이해』에서 체스 고수의 패턴 인식 능력을 보여 준다.

게임이 진행 중인 체스판 위의 말을 5초 동안 보게 한 뒤 빈 체스판에 위치를 복원해 보라고 하면 초보자는 전혀 감을 못 잡지만 고수들은 거의 완벽하게 위치를 맞힌다. 흥미로운 사실은 판 위에 임의로 말을 올려놓은 뒤 똑같은 실험을 하면 초보자나 고수나 똑같이 못 맞춘다는 것이다. 결국 체스 고수는 사진을 찍듯이 판 위의 말의 위치를 외우는 게 아니라 게임이 진행되면서 그렇게 놓이게 된 패턴을 인식한다는 것이다.

사이먼 교수는 "체스 대가의 장기 기억 속에 축적되어 있는 유사한 조합의 수는 총 5만 가지다. 5만 가지 각기 다른 항목 사이의 독특한 특징을 검색하는 체계는 아주 빠르게 그것의 독특한 특징을 구별해 낼 수 있다"라고 주장했다. 체스 대가 한 사람이 50명과 동시에 시합할 수 있는 이유다. 이 정도의 패턴을 익히려면 1만 시간을 투자해야 한다는 게 사이먼 교수의 주장이다. 어떤 분야에서건 대가가 되려면 예외는 없다. 하루 4시간을 들인다면 10년간의 노력이 필요하다.

이창호 국수는 불과 열네 살 때 대가가 됐지만 사실 이때 이미 바둑에 1만 시간 이상을 투자했을 것이다. 실제로 조훈현 국수의 부인은 "깊은 한밤중에도 창호의 방에서는 어김없이 바둑돌 놓는 소리가 들려왔고 이따금씩 새벽에 잠에서 깨어도 그 소리를 들었다"라며 그의 내제자內弟子 시절을 회상했다.

내제자란 스승의 집에 들어가 숙식을 함께하며 배우는 제자로 당시나 지금이나 유례가 없었다. 결국 이창호는 1990년 스승을 꺾고 첫 우승을 했고 이듬해 조훈현은 "더 이상 가르칠 것이 없다"라며 7년 만에 제자를 하산시켰다. 10대 후반부터 한국 바둑의 일인자가 된 그는 20대가 돼서는 세계 바둑의 일인자로 올라섰다.

이창호 국수는 패턴 인식, 패턴 형성, 유추, 통합이 바둑을 두는 데도 중요한 요소라고 말한다. 또 '닮지 않은 사물 사이의 기능적인 닮음'을 뜻하는 '유추'에 대해서도 "새로운 수의 출현으로 변형되는, 그러나 본질적으로 닮을 수밖에 없는 정석의 개량 형태에 관한 설명이라고 해도 전혀 어색하지 않다"라고 언급했다. 이처럼 고수들은 성과의 패턴을 그 누구보다도 잘 알고 있다.

복기

다음은 조훈현 국수가 자신의 저서 『고수의 생각 법』에서 한 이야기다.

가장 좋은 방법은 날마다 그날의 바둑을 복기하는 것이다. 낮에 둔 바둑을 그대로 기억하여 다시 놓는 것은 바둑 공부의 기본이다. 그날 둔 바둑은 현재의 내 실력과 수준을 그대로 보여주는 거울이다. 잘못된 게 있으면 지금 고치고 넘어가야 한다.

세고에せごえ 선생님은 바둑을 하나하나 친절히 가르쳐주는 분은 아니었지만 복기만큼은 엄격히 챙기셨다. 저녁을 먹고 그날 둔 바둑을 복기하는 건 당연한 일과였다. 선생님 앞에서 복기를 하고 있으면 가끔 손가락으로 돌 하나를 가리키셨다. 아무 표정도 말씀도 없었지만 나는 그 돌이 내가 연구해야 할 '수'라는 것을 이해했다.

프로 기사들은 복기쯤이야 노력하지 않아도 저절로 되는 법이고 기보도 한번 보면 순식간에 외워버리는 게 당연하다고 생각한다. 나는 창호에게 한 가지 주문을 했다.

"다른 건 몰라도 그날 둔 바둑만큼은 꼭 기억하도록 해라. 그걸 알아야 너의 바둑을 반성하며 고쳐 나갈 수 있다."

그 후로 창호가 굉장히 노력했다. 이창호도 이제 권좌에서 내려온지 꽤 되었지만 지금도 자나 깨나 복기하고 기보를 연구한다. 그는 대국이 끝난 후에도 상대방이 원할 경우 굉장히 꼼꼼하게 복기를 해 준다. 상대방이 질문하면 자신의 전략을 남김없이 말해 준다. 중국 바둑 팬들이 창호를 유난히 좋아하는 이유도 겸손한 태도로 복기에 임하는 모습 때문이라고 한다.

바둑에 승자와 패자가 머리를 맞대고 대국 내용을 되짚어 보는 복기가 있는 것처럼 개인이든 조직이든 실패와 성공의 행동을 돌아보며 무엇을 잘했고, 무엇을 잘못했는지 정확히 알고 넘어가는 것이 중요하다. 복기를 잘해 두면 같은 실수를 반복하지 않고 더 빨리 더 좋은 방법을 찾을 수 있다.

1만 시간
법칙의
숨은 비밀

『탤런트 코드』, 『베스트 플레이어』, 『아웃라이어』, 『재능은 어떻게 단련되는가?』, 『1만 시간의 법칙』은 '타고난 재능보다 후천적 노력이 특정한 분야에서 최고를 만든다'는 사실을 강조하는 책들이다. 이 주장은 콜로라도 대학교의 K. 앤더스 에릭슨K. Anders Ericsson이 1993년에 발표한 논문의 내용을 기반으로 한다.

에릭슨의 논문은 지금까지 다른 논문에 무려 4,437회나 인용될 정도로 심리학계에 커다란 영향을 미쳤다. 이들은 워런 버핏Warren Buffett, 잭 웰치Jack Welch, 빌 게이츠Bill Gates처럼 "큰돈을 버는 사람들은 무엇이 다른가?", "어떻게 그런 능력자가 되었는가?"를 물었다. 이를 위해 역사적으로 천재로 알려져 있을 만큼 능력이 탁월한 예술가와 운동 선수들을 분석했다.

천재이며 신동형 작곡가였던 모차르트W. A. Mozart는 18년 동안 강도 높은 훈련을 받았다. 그의 아버지 레오폴트 모차르트Leopold Mozart는 당시 유명한 작곡가이자 연주자였는데 모차르트가 세 살 때부터 작곡과 연주를 엄하게 가르쳤다. 모차르트에게 아버지는 뛰어난 교육자였던 셈이다.

타이거 우즈Tiger Woods의 아버지 얼 우즈Earl Woods는 학사장교 후보생을 가르치던 교육자이자 골프광이었다. 그는 7개월 된 타이거 우즈에게 골프채를 쥐어 주고, 채 두 살이 되기도 전에 그를 꾸준히 연습시켰다. 타이거 우즈는 초등학생 때부터 유명인이 되었다. 비록 우승하지는 못했지만 열아홉의 나이에 워커컵 미국과 영국 간의 아마추어 골프 대회의 출전 선수로 뽑혔다. 그는 네 살 이전까지는 아버지에게, 네 살 이후 17년간은 전문 코치에게서 혹독한 훈련을 받았다.

카네기멜론 대학의 존 헤이스John R. Hayes 교수는 다양한 시기에 활동한 작곡가 76명을 연구했다. 또한 당시 구할 수 있는 음반 수를 토대로 작곡가들의 대표작 500곡 이상을 조사한 후 다음과 같이 결론을 내렸다.

"이 작품들 가운데 작곡가가 경력 10년이 되기 전에 완성한 것은 단 세 곡뿐이었는데, 그것도 8년이나 9년째 되는 해에 작곡한 작품이었다."

이 76명은 작곡을 시작한 후로 약 10년간 세상에 주목받는 작품을 거의 내놓지 못했다. 헤이스 교수는 명작을 탄생시키기 위해서 반드시 거쳐야 하는 준비 기간을 '침묵의 10년'이라 했다. '1만 시간의 법칙'과 상통하는 부분이다.

신경과학자 다니엘 레비틴Daniel Levitin은 "어느 분야든 세계 수준의 전문가가 되려면 1만 시간의 연습 시간이 필요하다"라는 연구 결과를 내놓았다. 작곡가, 야구 선수, 소설가, 스케이트 선수, 피아니스트, 체스 선수 등 어떤 분야의 전문가든 그들이 자기 분야에 공을 들인 시간을 보면 1만 시간 이상이라는 사실을 확인할 수 있다.

1만 시간이면 대략 하루에 세 시간, 일주일에 스무 시간씩 10년 동안 연습한 것과 같다. 어느 분야든 이보다 적은 시간을 연습해 세계 수준의 전문가가 탄생한 경우는 없었다고 한다. 그렇다면 20년, 30년, 40년 동안 한우물만 판 사람이 모두 최고가 되었단 말인가?

그렇지 않다. 왜일까? 전문가가 된 사람들은 그렇지 못한 사람들과 달리 '신중하게 계획된 훈련'을 실행했다. 앞서도 언급했지만 '신중하게 계획된 훈련'은 개선할 부분을 예리하게 찾아내서 집중적으로 훈련한다. 그리고 그들의 훈련을 전문가가 지켜보면서 바로바로 피드백을 제공해 준다. 이렇게 꾸준히 오랫동안 연습한 결과로 실력이 향상됐던 것이다. 그리고 그들처럼 전문가가 되기 위해 필요한 몇 가지가 더 있다. 그것은 바로 훈련 자체에 집착하는 내적 열정과 실패를 거듭해도 결국 성공하고야 말 것이라는 자기 확신이다.

『탤런트 코드』의 다니엘 코일Daniel Coyle은 탁월한 능력을 발휘하는 사람들의 뒤에는 항상 그들을 잘 알고 지속적으로 지적하고 격려해 주는 스승이 있었으며 그 스승들은 마스터 코치로서 다음과 같은 특징들을 가지고 있었다고 한다.

- 첫 번째는 학습자의 지식 매트릭스를 작동시키는 것이다. 훌륭한 스승은 항상 더 깊이 파고든다. 그들은 학습자가 어느 정도 할 수 있는지를 파악해 그만큼 이끌 수 있는 역량이 있다.
- 두 번째는 관찰력이다. 그들의 눈은 대개 날카롭지만 따뜻하며 무섭도록 오랫동안 한곳을 응시한다. 학습자를 꿰뚫는 것이다.
- 세 번째는 학습자에게 생생한 정보를 제공하고 단호하게 명령하는 것이다. 마스터 코치는 짧지만 생생하고 분명하게 연속해서 정보를 전달한다. "이제……를 해 봐", "자,……해야지" 처럼 고압적이지 않게 짧게 명령한다.
- 네 번째는 윤리적 정직함과 격려로 학습자와 교감하는 것이다. 그들은 도덕적이고 존경받을 만한 성품을 지녔기에 제자들로부터 권위를 세울 수 있었다.

탁월해지고 싶다면 어떤 분야를 심층 연습할 것인가 고민해야 한다. 자신의 인생과 일에 가르침을 줄 스승을 어떻게 만날 것인가도 심사숙고하라. 시간이 더 흐르기 전에 진지하게 생각해 보라.

피드백을 통해
기본기를
다져라

『고도원의 아침편지』의 고도원 씨가 강연할 때 항상 강조하는 것이 한 가지 있다. 바로 '꿈'과 '기본기'다. 그에 따르면 미국에서 자수성가한 최고의 백만장자 733명을 인터뷰한 토마스 스탠리Thomas Stanley 박사는 이들에게서 크게 두 가지 공통점을 발견했는데 그 비결은 바로 꿈과 기본기라고 한다.

흔히 TV 프로그램에서 자주 등장하는 '달인' 또는 사람들을 열광하게 만드는 스포츠 스타들도 끊임없는 반복 연습이 없었다면 지금의 자리에 오르기 힘들었을 만큼 '반복 연습'은 기본기를 완성하는 데 매우 중요한 요소로 꼽힌다.

스포츠, 예능, 예술, 문학, 비즈니스, 연구 등 삶의 거의 모든 분야에서 기본기의 중요성이 강조되지 않는 분야는 없다. 심지어 자유로운 사고와 창의성이 가장 중요시되는 디자인이나 작곡과 같은 분야에서조차 기본기의 중요성을 강조한다.

표현력은 매우 뛰어나지만 스텝, 스핀, 점프가 불안한 발레리나를 상상해 보라. 그 표현력이 아무리 좋아도 자신의 실력을 100% 이상 발휘하기란 어려울 것이다. 기본기에 감수성과 철저한 몰입이 더해질 때 비로소 사람들에게 감동을 줄 수 있다.

세계적인 프로 골퍼도 교습가로부터 꾸준히 레슨을 받는다. 이때 변화를 추구하거나 새로운 기술을 습득하려는 것보다 자신이 얼마나 기본기에 충실한지 확인하려는 목적이 더 크다.

타이거 우즈와 부치 하먼의 일화를 봐도 알 수 있다. 대회에 출전한 타이거는 왠지 볼이 평소처럼 잘 맞지 않았고 개인 교습가인 부치에게 전화를 걸어 도움을 요청했다. 전용 제트기를 타고 대회장에 도착한 부치는 타이거의 샷을 본 뒤 "볼 반 개 정도 뒤로 물러나서 샷을 하라"라고 말했다.

아주 기본적인 조언이었지만 타이거 스스로 깨닫지 못한 사실이었다. 세계 최고의 골퍼인 타이거조차 자신도 모르게 볼에 가깝게 섰던 것이다.

세계를 통틀어 가장 성공한 독일 출신의 타입 디자이너이자 세계 폰트의 거장이라 불리는 에릭 슈피커만Erik Spiekermann은 자신의 저서 『타이포그래피 에세이』에서 "때로는 법칙을 따르는 것이 최선일 수도 있다. 하지만 그 단계를 뛰어넘기 위해서는 법칙을 깨트려야 할 필요도 있다. 좋은 디자이너는 법칙을 깨트리기 이전에 먼저 모든 법칙을 익힌다"라며 특별함은 탄탄하게 다져진 기본기에서 시작됨을 강조하고 있다.

바둑에도 정석이라는 것이 있다. 바둑에서의 정석定石이란 공수攻守의 최선이라고 인정된 방식으로 서로의 유불리함 없이 돌을 놓는 법을 말한다. 바둑의 정석을 이해하기 어렵다면 어렸을 때 한두 번씩 두었던 장기의 정석을 연상하면 된다. 장기판에 말을 놓는 방법은 반드시 사전에 약속된 대로 지정된 곳에 놓여야 한다. 그리고 처음 십여 수까지는 상대와 나의 수가 유불리함 없이 지속되는 상태를 정석으로 생각하면 된다. 체스도 이와 비슷하다.

정석은 각기 다른 상황에서 대처할 수 있도록 많은 방법들이 체계화되어 있다. 그런데 이러한 정석은 일단 외워야만 한다. 정석이란 하나의 공식이자 무언의 약속과도 같은 것이기 때문이다. 그러나 정석을 완전히 암기한 후에는 정석에 연연하지 말고 모두 잊어버리는 것이 좋다. 정석은 나만 아는 것이 아니기 때문이다.

바둑의 경우 내가 바둑돌을 놓을 때마다 상대 또한 정석대로 두기 때문에 일정한 수까지는 정석의 패턴이 깨지지 않는다. 그러나 어느 순간 상대가 갑자기 정석대로 두지 않기 시작하면, 이때부터는 자신의 수 읽기를 통해서 새로운 한 판을 만들어 가야 하는 것이다. 그러므로 바둑의 정석은 반드시 외워서 활용하되 정석을 모두 잊어야 한다는 말이 나오는 것이다.

비즈니스 분야도 예외는 아니다. 독일에서 영업 트레이너 및 비즈니스 강사로 활동 중인 마르틴 림벡Martin Limbeck은 『영업의 고수는 다르게 생각한다』를 통해서 다음과 같이 기본기의 중요성을 강조하고 있다.

영업은 기술이다. 모든 기술자가 도구의 사용법을 익혀야 하는 것처럼 모든 '언변 기술자'도 모든 문장이 필요한 자리에 완벽하게 들어맞을 때까지 배우고 연습해야 한다. 온갖 논리가 술술 흘러나올 때까지, 한마디도 버벅대지 않을 때까지, 고객의 모든 반론과 모든 비판을 무너뜨릴 때까지, 기술자는 견습공으로 시작하여 배우고 연습하고 실험한다. 그러다가 도제가 되고 마에스트로가 될 때까지 다시 배우고 연습하고 실험한다. 그리고 마에스트로가 된 다음에도 여전히 배우고 연습하고 실험한다. 바로 이것이 최고 경영자가 갖추어야 할 마음가짐이고 자세다.

기업에서 성과를 내는 데 필요한 역량 중 스킬이 차지하는 비율이 80%나 된다고 한다. 예를 들면 원활한 커뮤니케이션을 하기 위해서도 경청, 질문, 공감과 같은 스킬이 중요하다. 그런데 이러한 스킬들도 저절로 획득되는 것이 아니고 꾸준한 연습을 통해 능숙해진다.

이제 당신이 알고 있는 '경청'을 행동으로 나타내 보라. 고개 끄덕이기, 눈 맞춤하기, 확인하기, 반응하기 등은 당신도 이미 알고 있는 것들이다. 그러나 연습을 통해 몸에 익히지 않으면 자연스럽게 하기 힘든 행동들이다. 고수들은 기본기가 탄탄하다. 그리고 그들은 그것을 지나칠 정도로 강조한다. 신중하게 계획된 훈련, 반복적인 피드백

등은 모두 탄탄한 기본기를 위한 것들이다.

"제가 하루를 연습하지 않으면 저 자신이 알고, 이틀을 연습하지 않으면 평론가들이 알고, 사흘을 연습하지 않으면 관객이 압니다."

— 아르투르 루빈스타인Artur Rubinstein

좋은 피드백은 진정성에서 나온다

자신이 선생이라고 굳이 말하지 않아도 그가 이 시대의 진정한 스승임을 온몸으로 느끼게 하는 사람들이 있다. 픽션이지만 허준은 유의태라는 스승이 있었기에 조선 최고의 명의가 될 수 있었다. 유의태는 허준이라는 좋은 제자가 있었기에 온몸을 던져 자신의 의술을 전수할 수 있었다.

스승과 제자, 멘토와 멘티, 영혼의 동반자, 소울메이트, 선물과도 같고 운명과도 같은 이 극적인 만남이 새로운 역사를 만든다. 박지성에게는 히딩크가, 타이거 우즈에게는 얼 우즈가 있었다. 모차르트에게는 레오폴드가 있었고, GE의 제프리 이멜트에게는 잭 웰치가 있었다. 그리고 헬렌 켈러에게는 애니 설리번이 있었다.

세상의 빛을 보지도 못하고 말을 하지도 듣지도 못했던 헬렌 켈러는 단 3일 만이라도 볼 수 있다면, 첫날 자신을 가르쳐 준 애니 설리

번을 보고 싶다며 다음과 같이 말했다.

"첫날은 눈을 뜨는 순간 나를 가르쳐준 애니 설리번Annie Sullivan 선생님을 보고 싶다. 그의 인자한 얼굴 모습, 끈질긴 사랑의 힘 그리고 성실함. 이 모든 그의 성품을 내 마음속 깊이 새겨 놓겠다.

다음에는 녹음이 우거진 산과 들로 산책을 하며 하늘거리는 나무 잎사귀 모습, 아름다운 꽃들의 색깔 그리고 그것들이 이루는 조화의 신비들을 만끽하면서 저녁에는 멀리 서편 하늘에 아롱지는 저녁노을을 보며 하루를 보내겠다.

둘째 날에는 뉴욕시의 번잡한 거리를 헤치며 많은 사람들의 틈에 끼어 메트로폴리탄 박물관 안에 진열된 역사의 작품들, 석탄기에 살던 공룡의 모습, 화석에 담겨진 고대의 식물들 그리고 세계 역사의 발자취를 한눈에 살피고 싶다.

마지막 셋째 날에는 먼동이 트는 햇살과 함께 일어나 바쁘게 출근하는 군중들의 모습, 거미줄같이 줄지어 질주하는 자동차들의 움직임 등을 보면서 나는 극장으로 뛰어가겠다. 극장에서 공연되는 오페라 가수들의 노래와 우아한 동작들 그리고 영화관에서 상영되는 명배우들의 액션을 감상하겠다."

리웨이원李維文은 "인생에 가장 중요한 7인 중 한 사람은 쓴소리와 비판을 아끼지 않는 사람을 만나라"라고 충고한다. "충성스러운 말은 귀에 거슬리나 행실에는 이롭고, 좋은 약은 입에 쓰나 병에는 이롭다"
라는 고사성어를 우리는 잘 알고 있다.

지나온 날들을 돌이켜 보면 '그때 그 말을 들었으면 참 좋았을 텐
데……'라는 후회를 할 때가 있다. 물론 그중에는 비난이 섞인 말들도
있었지만 도움이 될 만한 이야기들도 많았다. 어렵사리 그런 말을 해
주었던 이들은 대부분 사랑하는 가족이었거나 나를 진심으로 아끼는
선배나 직장 상사 혹은 친구였다.

'피드백'이라는 화두를 놓고 자료를 찾고 생각과 경험을 정리하면
서 내린 나만의 결론은 조금 엉뚱하게 보일지 모르지만 피드백이 곧
'사랑'이라고 말하고 싶다. 아마도 살면서 가장 행복한 순간이 언제인
지 묻는다면 "누군가로부터 사랑받고 있다는 확신이 들 때"라고 말하
고 싶다. 피드백을 통해 우리는 누군가로부터 관심과 사랑을 받고 있
음을 느낄 수 있다.

누군가가 나에게 꽃 한 송이를 선물했다면 그 누군가는 나에게 꽃
을 주려고 생각한 순간부터 고르는 동안 그리고 그 꽃을 받고 기뻐할
내 모습을 상상하면서 온통 내 생각을 했을 것이다. 얼마나 고마운
일인가. '한 송이 꽃'을 통해 나라는 사람을 생각한 시간은 꽃에 비할
바가 아니다. 피드백을 주는 것도 마찬가지다. 피드백은 상대에게 진
심으로 관심을 가지고 상대의 성장을 위해 지속적으로 충고와 지지
와 도움을 제공하는 행동이다.

에리히 프롬Erich Fromm은 사랑이란 "생명이 있는 존재의 성장에

대한 지속적인 관심과 노력"이라고 정의했다. 그래서 피드백은 사랑
이다.

리더를 위한 피드백 수업

초판 1쇄 발행   2022년 04월 10일

글쓴이   김상범
펴낸이   김왕기
편집부   ·   원선화, 김한솔
디자인   푸른영토 디자인실

펴낸곳   **(주)푸른영토**
            주소   경기도 고양시 일산동구 장항동 865 코오롱레이크폴리스1차 A동 908호
            전화   (대표)031-925-2327 팩스 | 031-925-2328
            등록번호   제2005-24호.(2005년 4월 15일)
            홈페이지   www.blueterritory.com
            전자우편   designkwk@me.com

ISBN 979-11-92167-11-4 03810
ⓒ김상범, 2022